miesje

Alarm-peter en z'n meester

De directeur

Ha/Bah naar school

Jacques Vriens

Ha/Bah naar school

Met tekeningen van Annet Schaap

Van Holkema & Warendorf

Voor Jan Gouw,
al heel lang een gouwe maatje

AVI-niveau: 9

Negende druk 2005

ISBN 90 269 1110 6
© 1991 Uitgeverij Van Holkema & Warendorf,
Unieboek BV, Postbus 97, 3990 DB Houten

www.unieboek.nl
www.jacquesvriens.nl

Tekst: Jacques Vriens
Illustraties: Annet Schaap
Vormgeving omslag: Ton Ellemers

Inhoud

Bastiaan Brugmug   7
Soldaatje spelen   23
Het Bertus Beer Mysterie   35
De toets   60
De schoolpoes   74
'Juffrouw Seelen in het water!'   86
Het schoolreisje   98
Naar de directeur   115
Over de auteur   125

Bastiaan brugmug

Toen Bastiaan naar de brugklas ging, had hij alles tegen.
Dat vond hij tenminste zelf.
In de eerste plaats zijn naam: Bastiaan. Twaalf jaar lang had
hij die naam meegedragen en hij was hem zat, spuugzat.
Als kleuter had hij het niet zo in de gaten gehad. De meeste
mensen zeiden Basje of Bastiaantje, maar zijn ouders noem-
den hem toen al consequent Bastiaan.
Op een keer, hij was ongeveer negen jaar, speelde hij soldaatje op de grote speelweide midden in de nieuwbouwwijk
waar hij woonde.
Hij stond net op het klimrek zijn manschappen toe te spreken toen zijn moeder vanaf de rand van het speelterrein
riep: 'Bastiáááááááááán!'
Om haar gebrul kracht bij te zetten had ze van haar handen
een soort toeter gemaakt.
Er liep een rilling over Bastiaans rug, want ineens vond hij
dat hij een vreselijke naam had.
Zijn vriendjes, die aandachtig stonden te luisteren naar hun
aanvoerder die vaak zulke goede ideeën had, hoorden het
geroep ook. Vooral omdat zijn moeder niet van ophouden
wist. Ze trompetterde maar door: 'Bastiáááááááááán! Bastiáááááááááán!'
Jeroen was de eerste die het opviel hoe raar die naam eigenlijk klonk. Ook hij zette zijn handen aan zijn mond en
schetterde: 'Bastiáááááááááán!'
Bastiaan wilde doorgaan met zijn toespraak. Het was altijd
hetzelfde met Jeroen. Die was gewoon stinkend jaloers op

hem. De meeste kinderen vonden Jeroens plannen stom en kozen meestal voor zijn ideeën.

Maar er was geen houden meer aan. Vooral omdat zijn moeder maar doorging.

Het héle leger nam de kreet over. 'Bastiááááááááán!' klonk het uit zeker tien monden tegelijk.

Bastiaan probeerde er nog bovenuit te komen door te roepen: 'Jeroen, poep in je schoen!' Vroeger, toen ze nog in de kleutergroep zaten, kon Jeroen daar woest om worden, maar nu hoorde hij het niet eens. Met een rode kop sprong Bastiaan van het klimrek en rende naar zijn moeder.

Veel kans om te protesteren tegen haar stomme geroep kreeg hij echter niet. Zijn moeder was woedend. Hij had beloofd om vier uur thuis te zijn, want hij moest naar de tandarts. Het was inmiddels half vijf.

Vanaf die dag had Bastiaan vele pogingen gedaan zijn ouders ervan te overtuigen dat hij veel liever 'Bas' werd genoemd, maar ze wilden daar niets over horen. 'Je bent genoemd naar je grootvader en die heette Bastiaan, en daarmee uit!' was steevast het antwoord.

Nu hij naar de brugklas ging deed zich een unieke kans voor zijn naam alsnog te veranderen. Alleen, de reden was niet zo prettig. Zijn ouders hadden besloten te verhuizen naar een andere stad. Ze hadden daarmee gewacht totdat hij de basisschool had afgemaakt, maar het betekende wel dat hij nu in z'n eentje naar een andere school moest. Terwijl zijn vriendjes zich verheugden om samen naar de brugklas te gaan, moest hij ergens in een wildvreemde stad moederziel alleen opnieuw beginnen.

Hij had eerst een halve nacht liggen huilen, maar toen eindelijk een lichtpuntje gezien: hij kende dan wel niemand op die school, maar zij kenden hèm ook niet.

Dit was een mooie kans om zijn naam voorgoed te veranderen.

Zijn ouders gooiden natuurlijk weer roet in het eten: bij de aanmelding werd het toch 'Bastiaan'.

Het tweede dat hem tegen zat was zijn bril.

Drie maanden voor hij weg zou gaan uit groep acht, moest hij nog een keer langs de schoolarts. Hij kon het niet langer meer verborgen houden dat hij eigenlijk niet zo goed zag.

'De vorige keer meende ik het al te moeten constateren,' zei de dokter, bladerend in haar aantekeningen, 'maar nu ben ik zeker. Je moet een bril.'

Ze had net zo goed kunnen zeggen: we moeten je armen afhakken, of: je oren moeten worden geamputeerd.

Bastiaan vond het vreselijk.

Zijn moeder was enthousiast. 'O, ik vind het enig, zo'n brilletje bij kinderen. Dan zijn het net van die leuke wijsneusjes.'

'Ik wil geen leuk wijsneusje zijn!' had hij woedend geroepen. 'Ik wil niet zo'n stom ding op m'n neus!'

Samen met zijn ouders ging hij naar de brillenwinkel.

'Je loopt erbij alsof je naar het slachthuis moet,' zei zijn vader, die grappig wilde zijn.

'Zo voel ik me ook,' antwoordde Bastiaan.

'Nou, stel je niet aan. Er zijn honderden kinderen met een bril.'

Gelaten liet hij zich een aantal brilmonturen op zijn neus drukken en telkens keek hij vol afgrijzen in de spiegel.

'Deze is enig!' jubelde zijn moeder, nadat de opticien hem een rond uilebrilletje had opgezet.

'Stom,' zei Bastiaan.

Nadat hij voor zijn gevoel de hele brillenwinkel op zijn neus had gehad, was er één bril die hij wel aardig vond.

'Het montuur is erg dun,' waarschuwde de opticien. 'Ik raad je die niet aan. Die is zo stuk.'

'Ja maar...' protesteerde Bastiaan.

'Wat kost deze?' vroeg zijn moeder.

Toen de opticien de prijs noemde, trok zijn vader de bril meteen van zijn gezicht. 'Dat wordt te gek,' zei hij. 'Hier, pas deze nog eens.' De uilebril werd weer op zijn neus geplant.

'Stevig brilletje,' zei zijn vader, die even op het prijskaartje keek. 'Laten we deze maar nemen. Je weet toch niet wat je wil.'

'Ik zet hem niet op!'

'Dat zullen we nog weleens zien.'

Op straffe van 'geen zakgeld' en 'niet naar de basketbalclub' werd hij gedwongen zijn bril te dragen.

Als hij 's morgens de deur uitging, zette hij hem dan ook braaf op. Zodra hij in de buurt van de school kwam, stopte hij hem snel in zijn tas. In de achtste groep zat hij gelukkig dicht bij het bord, zodat hij zijn bril niet echt nodig had.

Nu stond hij voor zijn nieuwe school.

Hij heette nog steeds Bastiaan en hij droeg een stomme bril. Zijn ouders zaten in de auto. Ze hadden hem naar binnen willen brengen, maar dat had hij geweigerd. Belachelijk! Je ging naar de brugklas, dan werd je toch niet meer weggebracht door je pappie en je mammie!

'Als jullie meegaan, stap ik niet uit,' had hij in de auto gezegd.

'Maar je bent er nog nooit geweest!' riep zijn moeder bezorgd.

Vlak voor de grote vakantie was er een kennismakingsdag georganiseerd, maar net in die tijd was hij met zijn oude school op kamp geweest. Dat had hij voor geen goud willen missen. Zijn ouders en hij zouden in de vakantie nog even gaan kijken op de nieuwe school, maar daar was door de drukte rondom de verhuizing niets van gekomen.

Al met al vond Bastiaan dat alles in het werk was gesteld om zijn start in de brugklas zo moeilijk mogelijk te maken.

'Ga nou maar,' zei hij tegen zijn ouders. Hij zag dat van verschillende kanten kinderen aankwamen met grote, nieuwe boekentassen. Vast ook brugklassers. Hoe eerder zijn ouders weg waren, des te beter.

'Zul je goed opletten?' zei zijn moeder. 'En je best doen?'

'Ja, mam. Dag!'

Hij draaide zich om en liep het immense schoolplein op, waarachter een groot, nieuw gebouw lag met een brede trap ervoor.

Hij hoorde zijn vader nog iets roepen. 'Bastiááán, je zit in één bééé,' verstond hij.

Hij liep stug door in de richting van de trap. Zijn bril had hij snel afgezet en toen hij voorzichtig omkeek en de wagen van zijn ouders in de verte zag verdwijnen, stopte hij het onding snel in het voorvak van zijn tas.

Voor de trap bleef hij staan. Met koeieletters, die je zelfs zou kunnen lezen als je half blind was, stond er boven de ingang: 'Scholengemeenschap Jacob van Maerlant'.

Wie is in hemelsnaam Jacob van Maerlant? dacht Bastiaan.

In zijn oude groep acht zouden heel veel kinderen naar het 'Willem van Oranje-College' gaan. Hij zou daar ook naar toe zijn gegaan, als zijn ouders niet zo stom waren geweest om te verhuizen.

Willem van Oranje was tenminste iemand die hij kende. Die had iets met opstanden te maken en oorlog tegen Spanje. Die was als een held voor het vaderland gestorven, of zo iets. Zijn meester van de oude school kon daar heel mooi over vertellen. Maar Jacob van Maerlant, daar had hij nog nooit van gehoord. Hij hoopte dat hij ook een dapper man was geweest.

Nou ja, het klonk in ieder geval beter dan 'Sint Aldegonda-College', waar zijn neefje naar toe moest. Dat leek hem helemaal niks.

Inmiddels hadden zich voor de trap nog meer kinderen verzameld. De meesten stonden in groepjes bij elkaar en praatten honderduit.

Zijn oude klasgenootjes stonden nu ook zo, maar dan bij het 'Willem van Oranje'.

Bastiaan staarde naar de naam van de school. Hij durfde bijna niet opzij te kijken. Langzamerhand voelde hij zich vreselijk opgelaten en hoe langer hij daar stond, hoe erger het werd. Hij probeerde zo onverschillig mogelijk te doen en spelde zachtjes voor zichzelf de letters boven de deur.

Toen hij even voorzichtig zijn hoofd omdraaide naar een groepje meisjes vlak naast hem, zag hij dat ze hem allemaal aangaapten. Hij werd rood en de meisjes begonnen te giechelen.

Boos draaide hij zich om en liep weg. Hij voelde tranen achter zijn ogen branden. Niet janken, dacht hij. Ik mag niet janken. Die stomme meiden. Het zijn net kalveren. De meisjes uit mijn oude klas waren veel aardiger. Vooral Annelotte.

Ze waren op elkaar geweest, bijna een jaar lang. De hele klas wist het, maar niemand deed er flauw over. Behalve Jeroen, maar die had altijd wat te zeuren gehad.

Annelotte en hij waren op elkaar geworden nadat ze hadden ontdekt dat ze met hetzelfde probleem zaten. Annelotte wilde gewoon Lotje heten, maar haar ouders vonden dat

net zo belachelijk als Bastiaan die Bas genoemd wilde worden.

Vanaf die dag schreven ze elkaar briefjes.

'Lieve Bas, ik ben op jou, kusjes van Lotje,' en: 'Lieve Lotje, heel veel kusjes terug van Bas.'

Na de verhuizing waren ze elkaar blijven schrijven.

Bastiaan probeerde zich, terwijl hij langzaam naar de uitgang van het plein liep, de laatste brief van Lotje te herinneren.

Daar stonden een heel stel oudere kinderen, die vast al veel langer op deze school zaten.

Een lange slungel sprak hem aan. 'Zo, brugmug,' vroeg hij, 'ben je verdwaald?'

'Nee, meneer,' zei Bas.

De kinderen die om de lange knul heen stonden lachten.

'Je bent netjes opgevoed,' zei de slungel. 'Grote jongen. Wil je een shagje van ome Frans?'

'Doe niet zo flauw, Frans,' zei een van de meisjes. 'Laat dat jochie met rust.'

Dankbaar keek Bastiaan haar aan. Hij zag dat ze een Chinese was en hij vond haar meteen heel lief.

'Vooruit, brugmug,' zei Frans, 'je moet daar naar toe, bij de trap. Daar staat al een hele kudde van die brugguppies.'

Ineens schetterde er een stem over het plein. 'Welkom, beste kinderen, op de scholengemeenschap Jacob van Maerlant.'

Het Chinese meisje kwam naar hem toe. 'Je moet naar de trap toe,' zei ze vriendelijk. 'De brugklassers mogen eerst naar binnen.'

'Jullie krijgen eerst een preek van de ouwe,' zei Frans.

'Ga nou maar,' zei het meisje.

Bastiaan rende het plein over.

Boven aan de trappen stond een man met een microfoon in zijn hand.

Dat is vast de ouwe, dacht Bastiaan. Zou dat die Jacob zijn? En wat is een ouwe? Een soort baas of zo?

De man stak intussen een verhaal af. 'Een nieuw begin op een nieuwe school...' En: 'Het zal even wennen zijn, maar we doen ons best ervoor te zorgen dat je je hier snel thuis voelt.'

Daarna moesten ze in groepen naar binnen.

'De kinderen die in 1-A zitten mogen nu naar boven komen. Die gaan mee met mevrouw Van Tulder. Dat is jullie klasselerares.'

Vanaf het plein, waar de oudere kinderen het schouwspel stonden aan te zien, klonk boegeroep. Kennelijk is mevrouw Van Tulder niet zo leuk, dacht Bastiaan.

Hij was benieuwd wat ze bij zijn klasseleraar zouden roepen. Waar zat hij ook alweer? Zijn vader had het nog gezegd. Was het 1-D? Of 1-B?

Het was 1-B, nu wist hij het weer.

'De kinderen die in 1-B zitten gaan mee met meneer Dupwie,' verstond Bastiaan.

Het geloei op het schoolplein beloofde niet veel goeds.

Een groep kinderen dromde de trap op en tot zijn grote schrik zag Bastiaan dat die vervelende kalveren, die hem hadden uitgelachen, er ook bij waren.

Ze kwamen in een grote hal, waar ze werden opgewacht door een oudere man, die hen van over een half brilletje onderzoekend aankeek.

'Welkom, jongelui,' zei hij plechtig. 'Volg mij maar.'

Het leek wel een speurtocht. Ze liepen eerst door een lange gang, daarna twee trappen op, nog een gang, een smalle zijgang en toen kwamen ze eindelijk in een klas. De tafels en stoelen stonden in lange rijen achter elkaar en de muren waren kaal.

Bastiaan kwam achteraan in de klas terecht, naast een van die stomme giechelmeiden. hij keek om zich heen. Wat saai was het hier. Geen groepjes, geen leuke tekeningen aan de muur. Het leek eerder op een ziekenhuis.

De man schreef eerst zijn naam op het bord.

'Ik ben dus jullie klasseleraar, meneer Depuis. De meeste kinderen vinden dat een moeilijke naam om op te schrijven. Pak daarom even je agenda en schrijf mijn naam erin. Ik vind het fijn als jullie meteen weten hoe het moet.'

Bastiaan tuurde naar het bord, maar hij kon het niet lezen. Verdikkeme, nou moest hij toch zijn bril opzetten.

Hij aarzelde, maar hij zag dat de leraar door de klas liep om te kijken of iedereen braaf deed wat hij vroeg.

Met een zucht pakte hij zijn bril en las op het bord: 'Mijn naam is meneer Depuis.'

Het meisje naast hem stootte haar voor-buurvrouw aan en wees op Bastiaan.

Hij deed of hij het niet merkte en schreef in zijn agenda 'Depuis'.

De puist, dacht hij, daar lijkt het op. Wat een rare naam.

De meisjes bleven gniffelen, ook al nadat hij zijn bril al lang weer in zijn tas had gestopt.

Meneer Depuis begon nu langzaam alle namen op te lezen en probeerde bij elk kind iets aardigs te zeggen of te vragen. 'Leuke naam heb jij,' of: 'Van welke school kom je?'

Het ging op alfabet en Bastiaan wachtte gespannen af tot hij bij de M van Meulendijks zou komen.

'Anneke van der Meer.'

'Henk Mus.'

De klas schoot in de lach.

'Geen grapjes over namen!' commandeerde meneer Depuis.

'Franca Nieuwenhuis.'

'Casper van Oorschot.'

Bastiaan schrok. Zijn naam werd overgeslagen. Hij begreep er niets van.

Depuis maakte de lijst af en zei: 'Zo, nu kennen we elkaar een beetje en ik zal jullie iets meer vertellen over wat we vandaag gaan doen.'

Het meisje dat naast hem zat stootte hem aan en vroeg: 'Hoe heet jij dan?'

Aarzelend stak Bastiaan zijn vinger op.

'Ja?'

'Meester, u heeft...'

'Ogenblikje, jongeman. We zeggen hier geen meester meer, hoor. Zeg maar gewoon meneer.'

'Ja, meester... eh, meneer... ik eh... U heeft mij niet opgenoemd.' Bastiaan voelde dat hij knalrood werd.

Meneer Depuis rommelde wat in zijn papieren en vroeg: 'Hoe heet jij?'

'Bastiaan Meulendijks, meester... eh... meneer.'

De klas lachte.

Bastiaan zou het liefst onder zijn tafel zijn verdwenen.

Depuis bestudeerde aandachtig de lijsten die hij voor zich had.

'Ik zie het al. Je bent hier verkeerd. Je hoort in 1-D te zitten. Misschien heb je niet goed geluisterd toen de rector het buiten bekendmaakte.'

Weer lachte de klas alsof Depuis zojuist een leuke mop had verteld.

Het meisje naast hem zei: 'Je hebt niet alleen een bril nodig, maar ook een gehoorapparaat.'

'Stomme trut,' siste Bastiaan wanhopig.

'Je moet even naar beneden lopen, naar de hal, en dan de grote gang links. Daar zit 1-D,' zei Depuis. 'In lokaal 14.'

Bastiaan stond op, pakte zijn tas en liep de klas uit. In de gang deed hij zijn jas weer aan en probeerde zich te herinneren hoe ze gekomen waren. Hij begon te hollen, de smalle gang door en de hoek om, en daar botste hij tegen een stel grote kinderen op.

'Hé, hé, brugmug, kijk een beetje uit.'

Hij was recht in de armen gelopen van die vervelende Frans. Die pakte hem op en hing hem met jas en al aan de kapstok.

Terwijl al die grote lummels lachend langs hem liepen, stroomden de tranen over zijn wangen. Het kon hem niets meer schelen. Dan bleef hij maar aan die kapstok hangen. Dan lachte iedereen hem maar uit. Het was toch een stomme school en die puist snapte er ook niks van en die Jacob Raarland of hoe die ook heette was vast net zo'n dom figuur als die Sint-Aldegonda van zijn neefje.

Ineens stond het Chinese meisje voor hem. Ze maakte hem los van de kapstok.

Bastiaan zakte langzaam op zijn hurken en begon zacht te snikken. Ze kwam naast hem zitten en sloeg een arm om hem heen.

Er kwamen nu meer oudere kinderen bij staan en niemand deed nog vervelend. Zelfs Frans probeerde iets aardigs te zeggen. 'Sorry hoor, baasje. Het was maar een geintje.'

'Waar moet je heen?' vroeg het meisje.

'1-D,' snikte Bastiaan. 'Ik zat verkeerd. Ik was bij die puist, maar...'

De kinderen schoten in de lach.

'Da's een leuke naam voor Depuis!' riep Frans. 'De puist.'

'Weet je het lokaal?' vroeg het meisje.
'Ja, 14,' antwoordde Bastiaan.
'Kom, ik breng je er even heen.'
Ze pakte zijn tas en samen liepen ze de lange gang door naar de trap.
'Hoe heet jij?' vroeg het meisje.
'Bastiaan.'

'Wat een leuke naam. Ik heet Tsjoen. Dat is een Chinese naam.'

'Dat snap ik.'

Tsjoen lachte en vroeg of er nog meer kinderen van zijn oude school hier zaten.

Bastiaan vertelde dat hij net verhuisd was.

'Dus je bent helemaal alleen. Net als ik toen ik naar de brugklas ging. Ik vond het ook hartstikke eng en sommige kinderen keken me aan of ze nog nooit een Chinese hadden gezien. Maar je zal zien, je voelt je hier heel gauw thuis. Gewoon niet bang zijn. Alle brugklassers vinden het eng. Alleen, de een weet het wat beter te verbergen dan de ander.'

Ze kwamen nu bij lokaal 14.

'Wacht even,' zei Bastiaan.

Hij pakte zijn bril uit zijn tas en zette hem op.

Tsjoen keek door het raam naar binnen. 'Je boft. Jullie hebben Paul Breukers als klasseleraar. Dat is een leuke vent.'

'Riepen ze buiten geen boe toen zijn naam werd genoemd?' vroeg Bastiaan.

Tsjoen grinnikte. 'Luid applaus. Kom maar, je zult het wel merken.'

Ze opende de deur.

Meneer Breukers stond meteen op, stapte op hem af en gaf hem een hand. 'Hoi, ik ben Paul Breukers. Jij bent vast Bastiaan. Ik was je al kwijt. Kom gauw binnen.'

'Hij zat verkeerd,' zei Tsjoen. Ze streek Bastiaan even over zijn bol en fluisterde: 'Sterkte.'

De klas keek hem nieuwsgierig aan.

Breukers legde een hand op Bastiaans schouder en schudde zijn hoofd.

'Moet je dat nou zien, Bastiaan. Ze staren ons aan alsof we

in de dierentuin zitten. Dat jullie dat nou bij mij doen kan ik me voorstellen. Ik lijk wel een beetje op een aap.'
De klas lachte.
Breukers zette Bastiaan op de eerste rij naast een klein meisje.
'Ga maar even naast Mickey zitten. Die vertelt je wel wat we aan het doen zijn.'
Het meisje schoof een blaadje naar hem toe, waarop de plattegrond van de school stond.
'We hebben dadelijk een speurtocht door de school,' fluisterde ze enthousiast. 'Die Breukers is leuk, joh! Daar kan je mee lachen!'
Samen met Mickey bekeek hij de plattegrond.
Breukers noemde de verschillende lokalen op. 'Dat is lokaal 32. Daar zit meestal meneer Vlaanderen. Die weet alles van aardrijkskunde. Hij is heel aardig, maar hij kan ook heel kwaad worden. Dat gebeurt meestal één keer per jaar. Dan springt hij uit zijn vel. Daarna stoppen we hem er weer in en dan is hij weer aardig.'
De klas schoot in de lach.
Bastiaan keek even rond, maar niemand lette nog op hem. Iedereen luisterde naar Breukers, die over elke leraar iets grappigs te zeggen had.
'In lokaal 33 zit juffrouw Daas. Een rare naam, maar daar kan ze ook niks aan doen. Ze geeft Frans en ze is ontzettend knap. Niet alleen van binnen maar ook van buiten. Ze lijkt wel een filmster. Maar je moet nooit zeggen dat ze erg mooi is, want ze weet het zelf nog niet.'
Er werd weer gelachen.
Bastiaan keek naar Mickey.
'Zullen we samen de speurtocht doen?' stelde ze voor.
'Ja, goed,' antwoordde hij.

Ze gingen verder met de plattegrond.
Bastiaan zuchtte even.
'Wat is er?' vroeg Mickey.
'O, niks. Ik ben blij dat ik hier zit.'
''t·Is leuk, hè, in de brugklas!' zei Mickey.
Bastiaan knikte.

Soldaatje spelen

'Pauw! Pauw! Pauw!' galmde het over de speelplaats. Bram zat ineengedoken achter een struik. In zijn hand hield hij een liniaaltje, dat als geweer dienst deed.

Naast hem lag Vincent.

'De vijand nadert,' siste Bram. 'We moeten vluchten.'

Vincent krabbelde overeind. 'Wacht even, m'n veter zit los.'

'Nee,' zei Bram. 'Kom, de vijand wacht niet! Volg mij. We zoeken dekking in het fietsenhok.'

Hij sprong overeind en begon te hollen. Vincent kwam struikelend achter hem aan. Van alle kanten barstte het geknal los.

Boven op het klimrek zat de aanvoerder van de vijand: Maarten.

'Takke-takke-takke-tak,' ratelde zijn ruimtepistool. 'Pauw! Pieuw! Pieuw!' riep de rest van de vijand.

Hijgend bereikte Bram het fietsenhok, waar hij zich verstopte achter de fiets van meester Jansma.

Op het plein klonk gejuich. Vincent was gestruikeld over zijn veters en lag languit op de grond.

'Grijp hem,' brulde Maarten vanaf het klimrek naar zijn manschappen. 'Hij is geraakt door mijn ruimtepistool.'

Twee jongens en een meisje kwamen aanhollen en pakten Vincent stevig beet.

'Ik viel over m'n veters,' protesteerde Vincent. 'Dat telt niet.'

'Niks mee te maken,' antwoordde Katrien. 'Je bent erbij.'

Vanuit het fietsenhok krijste Bram: 'Pauw, pauw, pauw!
Jullie zijn dood. Geef je over!'
'Nee hoor,' zei Katrien, 'dat kan niet. Je bent veel te ver
weg.'
'Pauw, pauw, pauw!' Bram schreeuwde zich bijna schor.
'Jullie zijn erbij, verdomme!'
'Jíj bent erbij,' klonk er ineens een stem achter hem. Bram
draaide zich geschrokken om en keek in het boze gezicht
van hoofdmeester Jansma.
'Bram, hoe vaak heb ik je nou al niet gezegd dat je niet in
het fietsenhok mag?'
'Jamaar meester, de vijand...'
'En waarom loop jij met je liniaal buiten?'
'U had toch gezegd dat we geen geweertjes mee naar school
mochten nemen.'
'Zo, en dan gebruik je maar een liniaaltje van school.'
'Jamaar, de vijand heeft ook...'
'Niks vijand, naar de klas jij! Ik zal dit meteen doorgeven
aan jouw juf.'
'Jamaar meester...'
'Naar de klas!'
'Jamaar...'
'BRRRRAM!'
Met een diepe zucht slofte Bram het fietsenhok uit. Onmid-
dellijk opende de vijand het vuur, maar toen meester Jansma
ook te voorschijn kwam, riep Maarten: 'Staakt het vuren!'
'Inderdaad ja,' zei Jansma. Met een priemende vinger wees
hij naar het ruimtepistool van Maarten.
'Ben jij niet goed bij je hoofd? Heeft jullie juf dan niet dui-
delijk gezegd dat die dingen hier op school verboden zijn?'
Aarzelend kwam Maarten op de meester af.
'Jawel, meester. Maar ik ben vandaag jarig en dan mag je

24

toch altijd één van je cadeautjes mee naar school nemen?'
Wanhopig sloeg Jansma zijn ogen naar de hemel.
'Van harte gefeliciteerd,' zei hij, maar het klonk niet erg
vriendelijk. 'Heb je dan geen andere cadeaus gekregen?'
'Ja meester. Een cowboypak met twee pistolen, een bom-
menwerper, een...'
'Hou maar op! Ik hoor het al. Breng in elk geval dat schiet-
ding naar binnen.'
Hij keek de andere kinderen onderzoekend aan.
Sommigen hadden een takje of een stuk hout in hun hand,
maar Katrien en Vincent hielden ieder nog krampachtig een
hand op hun rug.
'Wat hebben jullie daar?' vroeg Jansma streng.
Langzaam haalde Vincent een liniaal te voorschijn.
'Aha,' riep de hoofdmeester, 'nog zo'n ding. Zó worden
hier de schooleigendommen vernield.'
'En jij?' vroeg hij aan Katrien. 'Wat heb jij daar? Nou,
komt er nog wat van?'
Katrien begreep dat er niets meer aan te doen was. Met ge-
bogen hoofd haalde zij een grote bordliniaal achter haar rug
vandaan.
Jansma's mond viel open van verbazing. De andere kinde-
ren schoten in de lach.
'Dit is het toppunt,' riep de meester woedend. 'Is dat de
bordliniaal uit jullie klas?'
Katrien knikte.
'Naar binnen jullie!' donderde Jansma.
Op een drafje verdwenen de kinderen de school in. In de
gang stond hun juf al te wachten. Ze had alles door het
raam gezien.
'Juf, juf,' riep Vincent wanhopig. 'Jansma is woest!'
'Overspannen,' zei Katrien droog.

Juffrouw Jannie schoot in de lach. 'Jullie zijn ook wel een mooi stel bij elkaar.'

De kinderen protesteerden.

'We mogen niet eens met een liniaaltje rondhollen,' zei Vincent boos.

De juf grinnikte. 'Ja, nu noem je het een liniaaltje, maar daarnet was het een gevaarlijk pistool. Vooruit, ga maar gauw naar de klas. Bram zit er al... Het speelkwartier is toch bijna afgelopen. Ik ga wel even naar meester Jansma.'

Dat was al niet meer nodig, want de hoofdmeester kwam met grote stappen de gang in. Hij voerde een klein meisje mee aan de arm, dat de aanwijsstok van juf Jannie in haar handen had.

'Hier heb ik er nog een,' riep Jansma boos. 'Ze had zich verstopt tussen de kleuters in de zandbak met jouw aanwijsstok.'

Het was Annemieke, de kleinste van de hele klas, die met grote boze ogen naar de meester keek.

'Zelfs de meisjes doen tegenwoordig mee met dat schietgedoe,' mopperde de hoofdmeester tegen juffrouw Jannie. 'Het wordt tijd dat je daar eens ernstig over praat met je klas.'

De juf knikte en wenkte de kinderen om mee te gaan.

De bel ging. Het speelkwartier was voorbij.

Even later zaten alle kinderen van groep vijf in een grote kring.

'Meester Jansma wil nou eenmaal niet dat jullie soldaatje spelen op school,' zei Jannie. Bram stak zijn vinger op.

'We doen toch niks. We roepen alleen maar af en toe 'pauw pauw...''

'Weet je wat ik het stomste vind,' riep Annemieke, 'dat hij zegt dat meisjes niet mee mogen doen met soldaatje spelen.'

Katrien was het daar helemaal mee eens. 'En net toen ik Vincent eindelijk had gevangen, ging Jansma zich ermee bemoeien.'

'Je had me niet gevangen,' zei Vincent. 'Ik struikelde over m'n veters.'

'Ik had je wel gevangen!'

'Niet waar!'

'Wel!'

'Niet!'

Juf Jannie klapte in haar handen. 'Zo weten we het wel. Het is maar goed dat meester Jansma ertussen kwam, anders hadden jullie buiten al ruzie gekregen.'

Maarten vroeg: 'Juf, wat vind jij van soldaatje spelen?'

Jannie aarzelde: 'Tja... als ik eerlijk ben, vind ik het niet zo erg. Jullie kunnen het beter nú spelen, dan dat je het later echt doet. Mijn broertjes deden het vroeger ook altijd. Het zijn nu heel aardige jongens geworden die geen vlieg kwaad doen. Eentje zit er zelfs bij een club die tégen het leger is.'

'Ik ga later wèl bij het leger,' riep Maarten.

'Ik niet,' riep Katrien.

'En nou doe je wel mee?'

'Nu is het een spelletje, maar later is het echt.'

Bram zuchtte. 'En zelfs een spelletje mag niet van Jansma.'

Juf Jannie knikte. 'Daarom moeten jullie het ook maar niet meer doen. Meester Jansma is nou eenmaal een beetje ouderwets in die dingen, maar verder is hij heel aardig.'

'Boeoeoe...' riep Dirk, die het al een paar keer aan de stok had gehad met Jansma. 'Volgens mij houdt hij helemaal niet van kinderen. Hij houdt alleen maar van die kleine dikke hond van hem. Die tekkel!'

De klas lachte.

Juf Jannie werd een beetje boos. 'Wat minder kan ook wel, Dirk. Hij was niet voor niks kwaad op jou. Je had allemaal vieze woorden op het plein gekalkt.'

'Mijn zus zit bij hem in groep acht,' zei Katrien, 'en die vindt hem wel aardig. En Rikje is ook aardig.'

'Wie?'

'Rikje, dat dikke kleine hondje van hem.'

'Weet je wat?' stelde juf Jannie voor, 'jullie spreken gewoon woensdagmiddag af in het bos om soldaatje te spelen.

Dan hebben jullie van niemand last.'

De kinderen vonden dat een goed idee.

Zo kwam het dat die woensdagmiddag in het bos, even buiten het dorp, bijna heel groep vijf soldaatje speelde.

De ene partij stond weer onder aanvoering van Maarten en de andere partij had Katrien als aanvoerster gekozen. Bram had daar wel moeite mee, want meestal was hij de leider. Maar toen Katrien hem een paar dropjes gaf en zei dat hij verkenner mocht zijn, was hij weer tevreden.

Het bos was vrij dicht met veel struiken en smalle paadjes, zodat je heerlijk kon sluipen.

Het legertje van Katrien had zich teruggetrokken achter een heuveltje. De kinderen bespraken, hoe ze de vijand in de val konden lokken.

'We moeten Maarten zien te pakken,' zei Vincent. 'En daarom heb ik een plan. We graven een valkuil en lokken hem hier naar toe.'

'Hoe kan dat nou?' vroeg Dirk. 'We hebben niet eens een schep.'

Met een geheimzinnig gezicht liep Vincent naar een grote struik en haalde er een schep onder vandaan.

De kinderen klapten in hun handen. Dat was nog eens slim: zonder dat iemand het merkte, had Vincent een schep het bos in gesmokkeld.

Ze gingen meteen aan de slag en even later zat er al een behoorlijk diep gat in de grond. Zorgvuldig dekten ze de kuil toe met takken en bladeren.

'Zo,' zei Katrien. 'Nu gaan we de vijand besluipen en lokken hem hierheen. De verkenner gaat voorop.'

Nu ze niet op school waren, hoefden ze zich tenminste niet te behelpen met takjes en linialen. Iedereen had van huis een speelgoedgeweer meegenomen.

Bram had zelf een mooi houten geweer in elkaar getimmerd en daarmee sloop hij nu voorzichtig voor de groep uit.

Hij holde steeds een meter of tien naar voren en keek of alles veilig was. Dan seinde hij naar de anderen dat ze konden komen.

Bijna onhoorbaar bewogen ze zich een hele tijd door het bos.

Ze waren zeker al tien minuten onderweg toen ze bij een breed pad kwamen.

'Dekken,' fluisterde Bram. 'Er komt iemand. Onraad.'

Vlak bij de plek waar Bram zat, maakte het pad een scherpe bocht. Voorbij die bocht hoorde hij duidelijk iemand komen aanrennen.

Dat móest de vijand zijn.

Hij gebaarde naar de rest van het leger dat ze gebukt achter hem moesten gaan zitten.

'Als ze de bocht om komen,' fluisterde Katrien, 'springen we te voorschijn. Meteen schieten.'

De kinderen wachtten met ingehouden adem.

'Ja nu!' gilde Katrien.

Het leger stortte zich vanuit het struikgewas het pad op.

'Pauw! Pieuw! Pauw, pauw, pauw!'

Plotseling bleef iedereen verstijfd staan.

Vlak voor hun neus stond een hijgende meester Jansma. Zijn ogen rolden bijna uit zijn hoofd.

'Wat... wat... is dit?' stamelde hij.

Veel tijd om iets uit te leggen kregen de kinderen niet, want vanaf de overkant van het pad kwam nu het leger van Maarten aanstormen. 'Pauw! Takke-takke-takke-tak!'

Opgeschrikt door het geschiet van de anderen, wilden zij zich meteen in de strijd werpen. Toen ze Jansma zagen, bleef ook Maartens leger als aan de grond genageld staan.

Op een sukkeldrafje kwam over het pad een wat oudere dame aangelopen.

'Heb je al wat gevonden?' riep ze tegen meester Jansma.

'Nee... nee...' stamelde de meester, want hij was nog steeds stomverbaasd.

De kinderen zagen nu dat die dame mevrouw Jansma was.

'Dag kinderen,' zei ze. 'O, ik zie het al, jullie zitten bij mijn man op school.'

De kinderen knikten.

'Er is iets vreselijks gebeurd,' ging ze verder. 'We waren aan het wandelen met onze Rikje. Hij liep heel even een klein stukje het bos in en plotseling was hij verdwenen. We lopen al een hele tijd te zoeken, maar ons hondje is nergens te vinden.'

De tranen liepen mevrouw Jansma over de wangen.

'We begrijpen er niets van,' zei meester Jansma. 'Rikje komt altijd meteen als je hem roept. Er móet iets gebeurd zijn.'

Het bleef even stil.

Bram kuchte en deed een stap naar voren. 'Meester Jansma, we willen wel helpen zoeken.'

Het gezicht van Jansma klaarde op.

'We zetten het leger in,' zei Katrien.

Even leek het of de meester weer boos werd. Hij keek de kinderen één voor één streng aan. Maar ineens glimlachte hij en zei: 'Als jullie het leger voor Rikje willen inzetten, dan zouden we dat erg fijn vinden.'

'Vooruit mannen...' riep Maarten.

'En vrouwen!' voegde Katrien er gauw aan toe.

'Vooruit mannen en vrouwen! We kammen het hele bos uit.'

De kinderen verspreidden zich door het bos en overal hoorde je roepen: 'Rikje, kom dan! Rikje, waar ben je?'

Bram, Katrien en Vincent bleven bij elkaar en Bram kon het niet laten om af en toe te roepen: 'Dikje, waar zit je? Dikje, Dikje, kom bij de baas!'

Vlak bij de plek waar ze de valkuil hadden gegraven, hoorden ze een zacht gejank. De drie kinderen renden erheen en daar zat Rikje, onder in het gat. Hij was er met zijn dikke lijf ingetuimeld en zat zielig te kermen.

'Ach, daar is-ie,' zei Katrien vertederd.

'Door mijn valkuil,' juichte Vincent. 'We hebben een hondje gevangen.'

Voorzichtig tilden ze Rikje eruit.

'Hij is nog zwaarder dan ik dacht,' zei Bram.

Rikje was inderdaad zo lief als de zus van Katrien had gezegd. Dankbaar likte hij de handen van de kinderen.

In triomf liepen ze met Rikje terug naar het pad.

Ze spraken af maar niets te zeggen van de valkuil.

'Hij zat er vast al een hele tijd in,' zei Vincent. 'Daarom kon Jansma hem natuurlijk niet vinden.'

'Oei,' zei Katrien. 'Maar goed dat Rikje niet praten kan.'

Blaffen kon Rikje wel, want toen hij zijn baasje zag, rende hij op zijn korte pootjes luid keffend op hem af.

'Fantastisch,' zei meester Jansma, nadat Bram het hele leger weer bij elkaar had geroepen. 'We zijn jullie erg dankbaar.'

'Waar zat hij toch?' vroeg mevrouw Jansma.

'Eeeh…' antwoordde Katrien, 'hij zat heel zielig onder een struik. Hij was vast de weg kwijt.'

Mevrouw Jansma knuffelde het hondje. 'Ben je daar weer, kleine man? Was je de weg kwijt? En hebben deze lieve kinderen jou gevonden?'

'Morgen trakteer ik jullie hele klas op ijs,' zei meester Jansma.

De kinderen gooiden hun wapens de lucht in.

'Kom,' zei de meester tegen zijn vrouw. 'Wij gaan naar huis. Spelen jullie maar fijn verder.'

De volgende dag stapte de hoofdmeester de klas binnen met een grote doos ijsjes. 'Ja juffrouw,' zei hij tegen juf Jannie, 'ik moet toegeven dat een leger sòms heel nuttig kan zijn. Kinderen, ik wil jullie namens Rikje heel hartelijk bedanken. Rikje kan jammer genoeg niet praten, daarom zeg ik het maar voor hem. Nogmaals héél hartelijk bedankt!'

Vrolijk aten de kinderen hun ijsjes op en dachten aan Rikje, die gelukkig niet kon praten.

Het Bertus Beer Mysterie

Toen juf Joke de klas binnenkwam, had bijna niemand dat in de gaten.

Groep acht zwoegde op een moeilijke overhoring van geschiedenis.

Joke liep naar meester Van Wijk en fluisterde iets in zijn oor. Daarop zei Van Wijk: 'Willen jullie allemaal even je pen neerleggen en luisteren?'

De kinderen keken op van hun werk en merkten nu pas dat Joke er nogal opgewonden uitzag. Nieuwsgierig staarden ze haar aan.

'Er is iets raars gebeurd,' begon ze. 'Bertus Beer is weg. We hebben overal gezocht, maar hij is nergens te vinden. Gistermiddag toen ik naar huis ging, was hij er nog en nu is hij weg.'

Iedereen begon door elkaar te praten. Bertus Beer weg? Dat kon toch niet? Wie zou dat gedaan hebben? Ella stootte haar buurvrouw Lieke aan. 'Wie is Bertus Beer?'

Lieke grinnikte. Net als bijna de hele rest van de klas trouwens, want de meeste kinderen werden een beetje lacherig door de verdwijning van Bertus Beer.

'Nou?' vroeg Ella.

'Ja, Bertus Beer,' antwoordde Lieke, 'hoe moet ik je dat nou uitleggen?'

Het was ook moeilijk uit te leggen. Bertus Beer was een begrip op De Komschool. Zeker voor de kinderen die als kleuter bij juffrouw Joke in de klas hadden gezeten.

Ella zat pas een half jaar op hun school en kende de beer niet.

Ella wist niet dat Bertus al jaren zijn vaste plaatsje had in de poppenhoek bij Joke. In de loop van de tijd speelden honderden kleuters met hem. Hij zag er dan ook wat rafelig uit en Joke had zijn oren al vaak opnieuw moeten aannaaien omdat sommige kleuters nogal hardhandig met hem omgingen.

Maar vooral de verhalen over Bertus Beer waren onvergetelijk.

Regelmatig nam Joke de beer bij zich op schoot en vertelde over zijn spannende avonturen. Het was dan ook niet voor niets dat op de afscheidsavond van groep acht Bertus Beer altijd een rolletje kreeg in het toneelstuk dat ze dan opvoerden. Ooit had iemand voorgesteld om de school 'Bertus Beer School' te noemen, in plaats van het saaie 'Komschool', maar dat vonden de leerkrachten wel wat ver gaan.

Natuurlijk was dat gehannes met een beer wel wat kinderachtig als je in groep acht zat, maar toch bleef hij onverbrekelijk verbonden met de eerste jaren op school. En nu ineens was hij weg.

De klas was inmiddels nogal rumoerig geworden. Sven en Thomas maakten van de gelegenheid gebruik om de antwoorden van de geschiedenisrepetitie te vergelijken.

'Dat is fout,' fluisterde Sven tegen Thomas. 'De Tweede Wereldoorlog eindigde in 1945 en niet in 1947.'

Haastig veranderde Thomas het jaartal, maar meester Van Wijk zag het. Hij klapte in zijn handen, want hij snapte wel dat dankzij Bertus Beer meer kinderen de neiging kregen om even met hun buurman te overleggen.

'Wil iedereen verder op zijn eigen blaadje kijken?' riep hij. 'Vooral Sven en Thomas.'

De klas werd weer stil.

'Weet iemand iets over Bertus?' vroeg Joke.

De kinderen keken elkaar aan.

Ron stak zijn vinger op.

'Ja, Ron?'

'Misschien is-ie gepikt, juf.'

Het rumoer begon weer, maar de meester verhief meteen zijn stem. 'Geen geklets. Wie kan iets zeggen over Bertus?'

Niemand gaf antwoord.

Joke zuchtte en zei: 'Als jullie iets weten, dan hoor ik het graag.'

De kinderen knikten.

Nadat Joke vertrokken was, werkten ze verder aan hun repetitie. Lieke kon haar aandacht er moeilijk bijhouden. Ze dacht steeds aan de beer. Uren had ze vroeger met hem gespeeld in de poppenhoek. Samen met Sven. Vader en moedertje. Ze schoot in de lach.

Van Wijk zag het. 'Is er iets, Lieke?'

'Niks meester.'

Ze boog zich weer over haar blaadje.

In de kleutergroep waren Sven en zij op elkaar geweest en Bertus Beer was hun kind. Ze keek even naar Sven. Die zat ook te lachen. Hij dacht vast hetzelfde.

Raar was dat eigenlijk. In de kleutergroep speelden jongens en meisjes gewoon met elkaar zonder dat iemand daar iets van zei.

Zat je eenmaal in groep acht, dan was dat niet meer vanzelfsprekend. Speelde je daar wat vaker met dezelfde jongen, dan bemoeide zich meteen de hele klas ermee. Dan werd er gefluisterd en gegniffeld dat je op elkaar was.

In het speelkwartier kwam Sven naast haar lopen. Hij grijnsde en riep dramatisch: 'Lieke, ons kind is weg!'

Lieke kreeg een kleur.

Ella zag het en mopperde: 'Sven, doe niet zo raar.'

'Ik doe niet raar,' zei Sven. 'Het is zo. Wij hebben Bertus samen verzorgd, met hem gewandeld in de poppewagen en hem in bad gedaan.'

'Dat vooral!' riep Lieke. Sven en zij schaterden het uit. Ella snapte er niks van.

Lieke vertelde over het vader en moedertje spelen en dat ze op een goede dag Bertus in de gootsteen hadden gezet en de kraan opendraaiden. Hij was drijfnat geworden en juf Joke woedend. Bertus moest dagen op de verwarming liggen om te drogen. 'Bertus was bijna verdronken,' zei Lieke.

'Inderdaad,' riep Sven met een donkere stem. 'Moord op Bertus Beer!'

Ron, die net langs liep, hoorde het en kwam naar hen toe. 'Zitten jullie nou nog te zeuren over die stomme beer? Stelletje kleuters.'

Sven legde zijn hand op de schouder van Ron. 'Jij snapt er niks van, Ron. Jij hebt niet bij Joke in de klas gezeten. Dan zou je wel anders praten.'

Ron sloeg de hand van zijn schouder. 'Blijf van me af, wil je! En hou toch op met dat stomme gedoe over die beer.'

Ella schudde haar hoofd. 'Meneer zoekt weer ruzie. Dat is het enige wat dat joch kan.'

Met twee handen in de lucht en een stem alsof hij op het toneel stond, zei Sven: 'Niemand kan begrijpen wat Bertus Beer voor ons betekend heeft. Hij was alles voor ons in onze kleuterjaren.'

'Ja, en jij bent gek,' zei Ron.

'Natuurlijk zijn we gek,' antwoordde Sven. 'Gek van Bertus Beer. Jij zult dat nooit begrijpen, Ronnepon.'

'Wat zei je?' vroeg Ron en hij hief zijn vuist op.

'Ik zei het toch!' riep Ella. 'Hij zoekt ruzie.'

Ron keek haar minachtend aan en siste: 'Ga toch terug naar je oerwoud, bruine.'

Lieke ging vlak voor Ron staan, zette haar handen in haar zij en snauwde: 'Kun je het weer niet laten? Moet je weer disci... dismi... eeeh... disco... hè, verdomme!'

'Discrimineren,' zei Ella droog.

Ron lachte en riep: 'Je weet niet eens hoe je het uit moet spreken!'

'Da's waar,' zei Lieke kwaad, 'maar jij weet in elk geval wèl hoe je het moet doen!'

'Eén nul voor Lieke,' zei Sven.

'Ach barst!' zei Ron en hij liep weg.

Vanaf een veilige afstand riep hij: 'Ik krijg jullie nog wel en die bruine erbij!'

'Oei,' zei Sven en hij schoot in de lach.

Ron had niet gezien dat mevrouw Hessels, de directeur van de Komschool, vlak achter hem stond. Hessels was een dikke, vriendelijke vrouw, maar àls ze kwaad werd, dan was het meteen goed raak.

Ron draaide zich om en botste tegen Hessels op. Die pakte hem bij zijn arm, schudde hem een paar keer door elkaar en brulde: 'Dat meisje heet Ella! Hoe heet ze dus?'

Ron kromp in elkaar en mompelde: 'Ella.'

Mevrouw Hessels trok hem mee en zette hem vlak voor Ella neer.

'Wat zeg je nu?' vroeg ze boos.

Zachtjes fluisterde Ron: 'Sorry.'

'Sorry wat...?'

'Sorry Ella.'

Hessels liet hem los en gromde: 'En nu wegwezen.'

Ron ging er snel vandoor.

Hessels keek de kinderen even aan en mompelde: 'Vervelend ventje.' Daarna beende ze weg. De kinderen staarden haar na.

'Dat helpt,' zuchtte Lieke. Ze keek naar haar vriendin, die nerveus op haar nagels beet. 'Niet doen. Ron heeft toch flink op z'n donder gehad?'

Ella haalde haar schouders op. 'Maar dat helpt niet veel. Morgen begint hij weer.'

Het bleef even stil. Ze dachten allemaal hetzelfde.

Op De Komschool zaten vrij veel kinderen die uit een ander land kwamen: Suriname, Marokko, Turkije en zelfs uit China. Vanaf de kleutergroep deden de leerkrachten heel erg hun best om de kinderen te leren dat het niks uitmaakte hoe je eruitzag en wat voor huidkleur je had. Joke vertelde al verhalen over witte, gele en zwarte beren die dik bevriend waren met de bruine Bertus. Er werd over gepraat in de kring. Vooral als er vervelende opmerkingen tegen elkaar waren gemaakt. Dat gold voor iedereen, want toen Ella tijdens een ruzie een keer 'Bleekscheet' tegen Lieke had geroepen, kreeg ze net zo goed op haar donder.

Ron zat nog niet zo lang op De Komschool en hij kon het nog steeds niet laten iemand uit te schelden om zijn huidkleur.

'Hij wacht me straks na schooltijd vast op,' zei Ella, 'met dat vervelende vriendje van hem, die Hein uit groep zeven.'

Sven grinnikte. 'Je bedoelt Hein konijn. Ook zo'n slijmbal.'

'Nou discrimineer jij ook,' zei Ella.

'Hij lijkt toch ook op een konijn? En hij doet altijd precies wat Ron wil.'

Thomas kwam aanlopen.

'Je hebt wat gemist,' zei Sven. 'Ron liep recht in de armen van Hessels toen hij Ella uitschold.'

Thomas vertelde dat hij op onderzoek was geweest in de klas van juffrouw Joke. Hij haalde een klein bloknootje uit zijn zak en las op zakelijke toon voor: 'Dinsdag 26 maart. Tien uur drieëntwintig. De poppenhoek onderzocht. Geen spoor van Bertus Beer. Op de grond wel zandafdrukken van vieze schoenen. Het raam geopend en in struikjes gekeken voor lokaal van leerkracht Joke. Geen sporen van geweld. Toen kwam leerkracht in klas. Vroeg wat ik deed. Zei dat ik een onderzoek deed. Leerkracht lachte en ik moest naar buiten. Einde.'

'Goh,' zei Lieke. 'Het lijkt wel televisie.'

Thomas knikte ernstig en borg het bloknootje weer op. 'Ik vrees,' zei hij, 'dat Bertus Beer is ontvoerd.'

'Spannend!' zei Sven. 'Het Bertus Beer mysterie.'

Ella en Lieke lachten, maarThomas schudde zijn hoofd.

'Lachen jullie maar. Ik weet zeker dat Bertus niet zomaar is verdwenen. We moeten dit heel goed onderzoeken.'

'Hoe dan?' vroeg Sven. Hij wist dat Thomas gek was op detectiveboeken en elke speurdersserie op de televisie volgde. Zelf vond hij daar niet zoveel aan. Het duurde hem altijd veel te lang voordat de dader gevonden werd. Hij las liever gekke boeken of boeken over dieren.

Thomas duwde de pluk haar die voor zijn ogen hing voor de zoveelste keer naar achteren en zei: 'We moeten een aantal mensen ondervragen.'

'Jaaaa...' riep Ella enthousiast. 'Net als op de teevee. We zetten ze op een stoel en dan zo'n lamp erop.'

Sven zag het al helemaal voor zich. 'Spreek op Hessels! Heb jij Bertus ontvoerd? Beken maar! Je was natuurlijk bang dat de school tòch 'De Bertus Beer School' gaat heten. Geef maar toe, anders zetten we je een week op water en brood! Dan zul je wel anders piepen.'

Lieke giechelde. 'Die arme mevrouw Hessels.'

'Dat zou heel goed voor haar zijn,' zei Sven. 'Dit is de kans voor haar om af te vallen.'

Lieke, Ella en Sven probeerden zich voor te stellen hoe het zou zijn: een dunne mevrouw Hessels, maar dat bleek moeilijk.

'Lijkt me niks aan,' zei Ella. 'Ze ziet er nu juist zo gezellig uit. Net een soort moeder van de hele school.'

Thomas draaide zich om en wilde weglopen.

'Ben je boos?' vroeg Sven.

Thomas knikte. 'Jullie maken alleen maar grappen.'

Sven kuchte. 'Goed, we luisteren. Wat is je plan?'

Thomas keek hen één voor één aan. Lieke giechelde weer en kreeg een por van Ella.

'Ik wil Joke verhoren,' begon hij. 'Ze zei dat Bertus er gisteren nog was toen ze naar huis ging. Dat moeten we zeker weten. En daarna de schoonmaakster.'

'De schoonmaakster?' vroeg Ella.

'Die is als laatste gisteravond in de school geweest. Zij moet Bertus ook nog gezien hebben.'

'Misschien heeft zij Bertus wel meegenomen,' zei Sven.

'Met die mogelijkheid moeten we rekening houden,' antwoordde Thomas ernstig.

Sven herhaalde plechtig: 'Met die mogelijkheid moeten wij rekening houden.'

Thomas keek hem boos aan. Sven trok zijn schouders in. 'Sorry, sorry, Thomas, ik zal serieus zijn.'

'En dan die afdrukken van vieze schoenen in de poppenhoek,' ging Thomas verder. 'Die kunnen niet van kleuters zijn en ook niet van Joke. Die dragen allemaal sloffen in de klas.'

Langzamerhand begonnen de kinderen echt geïnteresseerd te raken in wat Thomas ontdekt had. Zelfs Sven, die meestal overal grappen over maakte, zei nu: 'Dat van die schoenen is vast ook belangrijk.'

Thomas haalde opgelucht adem. Eindelijk werd er echt naar hem geluisterd. 'We zullen vanmiddag na schooltijd nog eens met Joke praten en meteen vragen hoe laat de schoonmaakster altijd komt.'

Later, in de klas, liet hij zijn bloknootje aan Sven zien. Hij had nog wat nieuws opgeschreven: 'Het onderzoek wordt voortgezet door detectivebureau THOLIESVEEL.'
Sven snapte er niks van.
'Stukje van onze voornamen,' zei Thomas.
Sven keek even en toen zag hij het: Thomas, Lieke, Sven en Ella, samen THOLIESVEEL.
Hij schreef op het blokje: 'SVEELTHOLIE vind ik beter.'
'Ik niet,' schreef Thomas terug.
Sven haalde zijn schouders op. Als Thomas een mening had, was hij er toch niet vanaf te brengen. Nou ja, hij was ook met het onderzoek begonnen. Dan mocht zijn naam wel als eerste genoemd worden.
In de loop van de dag werden ze nog één keer herinnerd aan Bertus. Vlak voordat de school uitging, kwam mevrouw Hessels de klas binnenstappen. Ook zij vroeg naar Bertus Beer.
'Zie je wel hoe belangrijk het is,' zei Thomas tegen Sven. 'Zelfs de schoolleiding bemoeit zich ermee.'
Sven knikte enthousiast. Hij begon zich langzamerhand heel belangrijk te voelen als medewerker van het detectivebureau THOLIESVEEL.
Na schooltijd liepen ze naar het lokaal van Joke.
Thomas deed het woord. 'Juffrouw Joke, wij willen een onderzoek doen naar de verdwijning van Bertus.'
Joke vond het prima en vertelde nog eens precies wanneer zij Bertus voor het laatst had gezien. 'Ik heb na schooltijd de poppenhoek opgeruimd en toen zat hij er nog.'
Thomas maakte aantekeningen en vroeg: 'Hoe laat was dat?'
Joke dacht even na.
'Neem rustig de tijd, juffrouw Joke, zodat je het je precies herinnert,' zei Sven. 'Het kan heel belangrijk zijn.'

Thomas knikte tevreden naar Sven: dat was een goede opmerking.

'Dat zal om ongeveer half vijf zijn geweest,' antwoordde Joke.

'Weet je dat zeker?' vroeg Ella.

Weer een tevreden knikje van Thomas.

'Ja, het was half vijf, dat weet ik zeker.'

Lieke liep naar de poppenhoek en vroeg: 'Waar zat hij precies?'

'Daar, in het poppebedje. De kleuters leggen hem daar altijd in voor ze naar huis gaan.'

Sven keek dromerig voor zich uit en zei: 'Net als vroeger.'

Joke schoot in de lach. 'Het gaat inderdaad nog steeds als vroeger. Alleen zetten ze Bertus tegenwoordig niet meer onder de kraan.'

Sven grinnikte. 'Ander onderwerp graag.'

'Hoe laat komt de schoonmaakster altijd?' vroeg Thomas.

'Rond vijf uur.'

Thomas klapte zijn boekje dicht. 'We weten voorlopig voldoende. Bedankt voor de medewerking.'

Toen de kinderen het lokaal uitliepen, keek Joke hen glimlachend na.

Ze had er eerlijk gezegd niet veel vertrouwen in dat Bertus terug zou komen, maar ze vond het wel heel leuk dat de kinderen zo serieus hun best voor hem deden.

'We komen om vijf uur terug,' zei Thomas in de gang. 'Dan verhoren we de schoonmaakster.'

'Ik kan niet,' zei Sven. 'Ik heb fluitles.'

'Ik moet naar ballet.' Ella demonstreerde meteen even een pirouette.

Thomas zuchtte. 'Al die clubjes.'

'Daar kan ik ook niks aan doen,' protesteerde Sven. 'Jij zit toch ook op die computerclub.'

'Ik kan wel om vijf uur,' zei Lieke.

Met de belofte dat Lieke en Thomas nog zouden opbellen als ze iets nieuws hadden ontdekt, gingen ze uit elkaar.

Om tien voor vijf stond Thomas op het schoolplein te wachten op Lieke. De school lag er verlaten bij. Er brandde wel licht, maar hij zag niemand in het gebouw.
In de zandbak zaten twee kleuters te spelen.
Toen Lieke kwam aanlopen, stelde Thomas voor om eerst de twee kleuters te verhoren. Het waren Pim en Renske, die tegenover de school woonden. Ze speelden bakkertje. Op de rand van de zandbak lag een hele serie taarten.
'Thomas!' riep Renske. 'Wil je een taart kopen?'
'Nu niet, Renske. We hebben geen tijd. Weten jullie iets van Bertus Beer?'
'Die is weg,' zei Pim.
'Weet jij waar hij is?' vroeg Lieke.
Pim dacht even heel diep na. 'Ik denk... ik denk... dat hij weggewalderd is.'
'Weggewalderd?'
'Weggewalderd,' herhaalde Pim en hij keek heel ernstig.
'Hij bedoelt weggewandeld,' fluisterde Lieke.
Thomas schreef op: 'Weggewandeld' en vroeg toen: 'Waarom?'
'Omdat hij niet meer in de poppenhoek wou wonen,' zei Renske. 'Hij vindt de poppenhoek stom.'
'Waar is hij nu?' vroeg Thomas.
'In de grote berenbos,' antwoordde Pim en hij wees achter zich.
'Je hebt hier toch geen bos? Alleen maar struiken.'
'Laten we maar naar binnen gaan,' stelde Lieke voor.
Terwijl ze naar de ingang liepen, schreef Thomas nog op: 'Grote berenbos.'

In de school was Ria, de schoonmaakster, net bezig in het lokaal van Joke. Ze had al gehoord over de verdwijning.

Ria vertelde dat ze meestal begon met het schoonmaken van dit lokaal. 'Toen ik gisteren hier bezig was, lag Bertus nog in zijn bedje. Dat weet ik zeker. Ik heb dit lokaal gedweild.'

'Ook de poppenhoek?' vroeg Thomas.

'Die doe ik als eerste.'

'En als je hier klaar bent?' vroeg Lieke.

'Dan ga ik naar de andere lokalen.'

'Dus het kan heel goed zijn dat er na jou nog iemand in de klas van Joke is geweest?'

'Dat kan. Als ik bezig ben in de school, kan ik natuurlijk niet altijd de ingang in de gaten houden. Meestal sluit ik die wel af, maar gisteren zat mevrouw Hessels nog in haar kamertje te werken toen ik bezig was. Zij is op een goed moment weggegaan en heeft afgesloten.'

De kinderen wisten genoeg.

Ze liepen nog een keer om de school heen.

De twee kleuters waren inmiddels naar huis.

'Het is precies gegaan zoals ik dacht,' zei Thomas. 'Iemand is binnen geweest nadat Ria klaar was in de kleuterklas en heeft Bertus meegenomen.'

'Misschien Renske en Pim?'

Thomas dacht even na.

'Het grote berenbos,' mompelde hij toen.

'Dat is gewoon een verhaal van juffrouw Joke,' zei Lieke.

Verbaasd keek Thomas haar aan.

'Weet je dat niet meer? Op een dag wilde Bertus wel eens ergens anders wonen. En toen ging hij naar het grote berenbos. Maar hij miste de kleuters zo erg dat hij weer gauw terugkwam. En nu gaat hij daar alleen heen als de kinderen ook op vakantie zijn. Dat vertelde ze altijd omdat wij het zo zielig vonden dat hij in de vakantie alleen op school zat.'

Thomas wist het weer en mompelde voor zich heen: 'En nou is-ie echt naar dat bos.'

Samen liepen ze naar huis. Ze spraken af dat ze Ella en Sven nog even zouden inlichten.

Thomas zei nog: 'Ik moet hier vanavond eens diep over nadenken.'

'Doe dat,' zei Lieke.

'Ik stop alle gegevens in de computer. Dat helpt vast.' In zichzelf mompelend liep Thomas door en hij vergat helemaal om gedag te zeggen.

Lieke keek hem lachend na. Grappig joch, dacht ze.

De volgende ochtend liep Thomas eerst naar het lokaal van Joke. Hij had bedacht dat ze vergeten waren ònder het poppebedje te kijken. Er stonden al wat kleuters met hun ouders in de klas. Joke was er nog niet.

Thomas liep naar het bedje en bleef geschrokken staan. Op de dekens lag een brief waarop met grote hanepoten stond geschreven:

BRuine
MEisjes
piKKEN
BRuine
beren

Thomas griste het papier weg en stopte het onder zijn jas.
Niemand had het nog gezien. Hij rende terug naar de gang
en wenkte Sven. Ze doken samen een WC in.
'Wat een rotstreek!' riep Sven toen hij de brief zag.
'Van wie denk je?' vroeg Thomas.
'Ronnepon?'
Thomas knikte.
'Maar... maar...' Sven begon van opwinding te stotteren,
'denk je dat híj Bertus heeft gepikt?'

'Ontvoerd,' verbeterde Thomas.
'Ja, ja, ontvoerd. Maar waarom?'
Thomas dacht even na. 'Het is volgens mij een vooropgezet plan van Ron en Hein.'
'Hein konijn,' zei Sven.
'Ze proberen Ella in een kwaad daglicht te stellen,' ging Thomas verder.
'Wàt doen ze?' Sven snapte er niks van.
'Ze proberen haar zwart te maken.'
Sven schaterde het uit. 'Dat is ze toch al.'
Thomas keek zijn vriend streng aan. 'Wees nou even serieus. Ik bedoel dat ze Bertus hebben gestolen en Ella de schuld proberen te geven.'
Ineens hoorden ze een stem achter zich: mevrouw Hessels.
'Zeg, wat doen jullie hier? Schiet eens op! Jullie meester zit te wachten.'
Thomas probeerde gauw het papier onder zijn trui te stoppen, maar Hessels zag het.
'Wat heb je daar?' vroeg ze.
'Niks juf, gewoon een geheim.'
Hessels keek de twee jongens onderzoekend aan.
'Mag ik dat papier niet zien?'
'Eeeh...' Thomas aarzelde. 'Nou nee... eeeh... eigenlijk niet, nee.'
'Goed,' antwoordde mevrouw Hessels. 'Maar nu wel meteen naar de klas.'
Opgelucht liepen Sven en Thomas naar de klas, waar de rest van de groep al in de kring zat.
Vlak voor de pauze stuurden ze een briefje naar Ron.

'Kom in de pauze naar het karrenhok. Wij willen je spreken. Geheim.'

Bij het begin van het speelkwartier konden Lieke en Ella de twee andere detectives van THOLIESVEEL nergens meer vinden. Ze wisten niet dat Thomas en Sven hadden afgesproken om eerst met Ron te praten voor ze die rare brief aan Ella zouden laten zien. De jongens hielden zich schuil achter in het hok waar de speelkarren van de kleuters werden opgeborgen. Kleuters liepen in en uit om de karren op te halen.

'Dag Thomas,' zei Pim, die ook voor een kar kwam.

'Zo, grote bakker. Ga je weer taarten verkopen?'

Pim keek hem heel zielig aan en zei: 'Bertus Beer ligt nog steeds in het bos.'

Sven knikte. 'Weggewalderd,' zei hij lachend.

Renske kwam ook in het karrenhok en trok Thomas mee.

De kleuters werden bijna omver gelopen door Ron en Hein.

'Wat moet je?' vroeg Ron. Hij had voor alle zekerheid een dikke tak in zijn hand.

'Waar heb je Bertus Beer gelaten?' vroeg Thomas.

Ron haalde zijn schouders op en zei tegen zijn vriend: 'Die twee zijn gek. Die denken dat ik zo'n stomme beer pik.'

Thomas liet de brief zien. 'En dit dan?'

Ron schrok en tilde dreigend de tak op.

'Nou?' vroeg Sven.

'Ik weet van niks.'

'Je liegt.'

Ron begon vals te lachen en zei: 'Dat bruine vriendinnetje van jullie weet er vast meer van.'

'Hoe weet jij dat?'

'Omdat ik dat weet.'

'Precies,' zei Thomas, 'en daarom schrijf jij van die lullige brieven.'

Ron raakte even in de war, maar deed toen ineens een stap

naar voren, klaar om te slaan.

'Jij durft!' zei Sven. 'Probeer het eens zonder tak.'

Stoer gooide Ron de tak op de grond.

Op dat moment verschenen Lieke en Ella in de deuropening.

'Zitten jullie hier?' riep Ella. 'We hebben overal gezocht.'

Toen zag ze de brief die Thomas nog steeds omhoog hield.

'Wat is dat?' vroeg Lieke.

Sven en Thomas wisselden even een blik. 'Gevonden. Lag vanmorgen in het bedje van Bertus.'

'Maar wie heeft...?'

Snel raapte Ron zijn tak weer op en zei: 'Ik! Dat is mijn wraak voor gisteren. Na schooltijd hebben we jullie in de gaten gehouden en toen jullie weg waren, heb ik dit papier neergelegd.' Hij keek de anderen trots aan.

Plotseling schoot Ella naar voren en stortte zich op Ron. Krijsend vielen de twee kinderen op de grond. Trappen, slaan, schoppen, raken waar je raken kunt. De anderen stonden er eerst als standbeelden bij. Zo razend hadden ze Ella nog nooit gezien.

'Vuile bleekscheet!' gilde ze. 'Mij moet je altijd hebben. Ik ben bruin!'

Ze zat nu boven op Ron en sloeg in het wilde weg met haar vuisten op zijn borst. 'Ik ben bruin en daar ben ik trots op, hoor je me! Daar ben ik hartstikke trots op! Ik ben bruin! Ik ben bruin!'

Lieke en Sven wilden haar van Ron aftrekken die krampachtig de felle slagen probeerde af te weren.

Maar Ella was niet te stuiten. In één keer kwam al haar woede over het getreiter van Ron eruit.

Eindelijk lukte het om haar bij Ron weg te halen. Hijgend

leunde ze tegen de muur en zakte toen snikkend door haar knieën.

Ron krabbelde overeind en rende kreunend het hok uit.

Voor het hok was ondertussen een oploopje ontstaan. Met grote ogen had een groep kleuters staan kijken naar het gevecht. Sven trok gauw de deur dicht terwijl hij riep: 'Afgelopen! Einde gevecht. Suriname heeft gewonnen.'

Na een paar seconden ging de deur weer open: mevrouw Hessels. Ze vond een huilende Ella. Lieke zat naast haar met een arm om haar heen. Sven en Thomas stonden er wat onhandig bij.

'Wat is dit?' vroeg Hessels.

Thomas en Sven vertelden over het gevecht.

'Ron begon weer te schelden en zo, juf, nou en toen werd Ella eens een keer goed kwaad,' zei Thomas.

Sven glunderde. 'Nou, en toen heeft ze hem toch even te grazen genomen! Die kijkt wel uit de volgende keer. Ze dook ineens boven op hem, juf, en voor-ie het wist lag hij op de grond, nou en toen...'

'Ja, ja, zo is het wel goed,' zei mevrouw Hessels.

Jammer, dacht Sven. Hij kreeg net zin om eens uitgebreid verslag te doen. 'Maar ze was goed, juf!' riep hij nog gauw. 'Ella is sterk! Niet te geloven!'

Ella keek op en glimlachte.

'Het gaat alweer een beetje, geloof ik,' zei Hessels.

'Juf!' riep ineens een kleuter. 'Juf! De broek van Bertus ligt in de zandbak.'

Onmiddellijk kwam THOLIESVEEL in actie. Tenminste, de helft ervan, want Thomas en Sven renden het hok uit.

'Kom,' zei Lieke tegen Ella, 'ze hebben een spoor gevonden.'

'Een spoor?' vroeg Hessels.

Ella stond op, klopte haar kleren af en sjokte achter Lieke aan, terwijl mevrouw Hessels verbaasd achterbleef.

In en om de zandbak was een drukte van jewelste.

Kleuters waren verwoed aan het graven, op zoek naar nog meer sporen van de beer. De rest van de school stond eromheen en er klonken spreekkoren: 'Bertus! Bertus! Bertus!'

Sven ging meteen de kleuters helpen. Thomas bleef op de rand van de zandbak staan en keek om zich heen. Af en toe noteerde hij iets op zijn bloknootje. Ineens zag hij Pim en Renske achter de zandbak zitten. Ze huilden alletwee. Hij liep erheen.

'Wat is er?' vroeg hij.

'Ik heb het niet gedaan!' riep Pim. 'Ik heb het niet gedaan. Bertus is weggewalderd.'

'Stil nou!' schreeuwde Renske. 'Niet zeggen. Niet zeggen!'

Thomas tilde Pim op en vroeg: 'Waar is Bertus dan?'

Met een lange uithaal huilde Pim: 'In het bos. In de grote berenbos.'

Hij wees naar de struiken achter zich.

Met een plof zette Thomas de kleuter op de grond. Hij rende naar Sven.

'Kom op!' riep hij en hij trok Sven met zich mee. 'Ik weet waar hij is!'

Struikelend over scheppen en emmertjes kwam Sven achter hem aan. Thomas dook de struiken in en begon er op handen en voeten doorheen te kruipen. Die is niet goed snik, dacht Sven en hij bleef aan de rand van het struikgewas staan. Na een paar minuten schoot ineens de gestalte van Thomas omhoog tussen de takken. 'Kom op, man!' brulde hij. 'Zoeken!'

Weg was Thomas.

Sven keek even om, maar niemand lette op hem. Iedereen had het te druk met graven en aanmoedigen.

Het was verboden om in de struiken te komen. Wie het toch deed, kon meteen het plein gaan vegen van mevrouw Hessels. Maar ook die lette niet op hem. Ze stond midden in de zandbak mee te scheppen met de kleuters. Sven hurkte en was verdwenen.

Hij kroop recht vooruit en riep zachtjes: 'Thomas! Thomas, waar zit je nou?' Er kwam geen antwoord. Ineens stootte hij tegen iets hards. Hij duwde een paar takken opzij en daar, half in de aarde, lag Bertus Beer. Zonder broek, maar met jasje.

Triomfantelijk richtte Sven zich op uit de struiken, tilde

Bertus de lucht in en brulde over de speelplaats: 'Ik heb 'm!'

Luid gejuich barstte los.

Sven worstelde zich tussen de takken door en stapte op de rand van de zandbak. De kinderen bleven juichen en opnieuw galmde over het plein: 'Bertus! Bertus!'

Sven liep nu de speelplaats over in de richting van de deur. De hele school ging joelend achter hem aan. Juffrouw Joke kwam naar buiten en trots legde Sven de beer in haar armen.

Ondertussen was Thomas ook uit de struiken gekomen. Hij was kwaad. Verdomme, hij had ontdekt waar Bertus was en nou ging Sven met de eer strijken.

Er was niemand meer bij de zandbak. De kinderen stonden allemaal om Joke heen.

Toen hoorde Thomas zachtjes huilen. Pim en Renske waren er nog wel. Hij ging naast hen zitten en vroeg: 'Vertel eens, wanneer hebben jullie hem weggepakt?'

Met betraande ogen keek Renske hem aan.

Thomas knikte hem vriendelijk toe. 'Zeg het nou maar. Ik zal echt niet boos zijn.'

Met horten en stoten kwam het verhaal eruit. Ze waren na schooltijd aan het spelen op het plein. De school was nog open geweest, maar er was niemand te zien. Toen wilden ze even wandelen met Bertus. 'Héél eventjes maar,' zei Renske. 'Een piepklein eventjes,' zei Pim.

Ze hadden hem uit de klas gehaald en mee naar de zandbak genomen. Daar hadden ze met hem gespeeld en toen ze hem weer wilden terugbrengen was de deur ineens op slot.

'We hebben hem in het grote berenbos gebracht,' snikte Renske, 'en toen was hij weg.'

Thomas begreep het al. Nadat ze niet meer in de school

konden, waren ze in paniek geraakt en hadden ze Bertus in
de struiken verstopt. De volgende dag kregen ze pas in de
gaten dat de hele school op z'n kop stond om Bertus en ze
durfden niets meer te zeggen.
'Huil maar niet meer,' zei Thomas geruststellend. 'Bertus is
weer terug. Dat is het belangrijkste. Ik zal niet verklappen
dat jullie het hebben gedaan.'
Ineens hoorde hij zijn naam roepen. In plaats van 'Bertus'
brulde de hele speelplaats: 'Thomas! Thomas!'
Ella en Lieke kwamen naar hem toe gerend. 'Je moet bij
Hessels en juffrouw Joke komen.'
Verbaasd liep hij mee met de meisjes. De andere kinderen
weken uiteen om hem door te laten. Sven stond glunderend
naast Joke en riep: 'Daar is hij! Hij heeft het ontdekt!'
Thomas gloeide van trots en keek zijn vriend dankbaar aan.
Sven was toch zo eerlijk geweest om te zeggen hoe het in el-
kaar zat.
'Hoe wist je dat?' vroeg mevrouw Hessels.
Thomas sloeg zijn bloknootje open om uitvoerig verslag te
doen, maar klapte het meteen weer dicht.

'Nou kijk...' begon hij aarzelend, 'dat zit nogal ingewik-
keld in elkaar. Ik heb gewoon wat sporen gevolgd en zo en
nader onderzoek gedaan, samen met Sven en Ella en Lieke.'
'Maar wie heeft hem dan in de struiken gelegd?' vroeg mevrouw Hessels.
'Dat is... eeh... geheim... Ik bedoel... een paar kinderen...
kleintjes... maar die hebben het niet expres gedaan. Meer
kan ik niet zeggen. Ik heb beloofd dat ik ze niet zou verraden.'
'Maar als ze het nou weer doen?'
Thomas keek haar zelfverzekerd aan en zei: 'Dat zullen ze
vast nooit meer doen.'
Mevrouw Hessels zuchtte. 'Dus je wil niet zeggen wie...?'
'Nee! Maar u hoeft zich geen zorgen te maken.'
Hoofdschuddend liep ze weg.
'Jij durft,' zei Sven bewonderend tegen zijn vriend.

Na schooltijd zaten ze bij Ella thuis op haar kamer. Aan de
medewerkers van THOLIESVEEL vertelde Thomas wel hoe het
in elkaar zat. De zandsporen en het verhaal van Pim en
Renske over het grote berenbos. De school die open was
toen Ria aan het werk ging en vlak daarna door Hessels werd
afgesloten waardoor Renske en Pim Bertus niet meer konden terugbrengen. En natuurlijk het gehuil van de twee
kleuters toen de broek van Bertus te voorschijn kwam.
Na het verslag van Thomas begon Sven nog eens flink te
schelden op Ron.
'Wat een rotstreek vond ik die brief. Maar je hebt hem flink
op zijn donder gegeven, Ella, omdat hij jou probeerde
zwart te maken.' Hij schrok van zijn eigen woorden. 'Sorry,
Ella, dat bedoel ik niet, ik wou zeggen...'

Ella begon heel hard te lachen.

'Sorry,' riep Sven weer. 'Ik wil alleen maar... ik bedoel... ik vind je hartstikke aardig en zo... ik bedoel...'

'Stil maar,' zei Ella, 'ik ben niet boos op je.'

'Nee echt,' ging Sven door, 'ik vond je ontzettend goed toen je Ron te grazen nam.'

'Sven, je slijmt,' zei Lieke.

'Helemaal niet!'

Thomas vroeg: 'Weet je hoe dat heet, als je zo zit te slijmen?'

Sven haalde zijn schouders op.

'Jij probeert bij Ella een wit voetje te halen.'

Lieke, Ella en Thomas schaterden het uit.

Sven keek ze verwilderd aan en stamelde: 'Een wit voetje halen...?' Langzaam drong het tot hem door en toen lachte hij ook.

De toets

'Dat moet je vooral met de toets doen!' snauwde meester Geurts tegen Ivo, die een poging deed op het bord een kommabreuk uit te rekenen.

'Naar links die komma!' riep Geurts nu van achter uit de klas. 'Je moet delen.' Met kleine, driftige pasjes kwam hij naar voren, rukte het krijtje uit Ivo's hand en begon de berekening op het bord te kalken.

'Snap je het nu, Ivo?'

Ivo knikte. Hij snapte er weliswaar geen barst van, maar hij waagde het niet om dat te zeggen. Geurts zou dan opnieuw de hele som uitleggen, de klas zou zich gaan zitten vervelen en hij zou zich alleen maar ontzettend opgelaten voelen.

Geurts gaf hem een bemoedigend klopje op zijn schouder. 'Fijn, ga maar zitten.'

Ivo liep terug naar zijn tafel. De klas stond in een soort examenopstelling. Alle tafels een meter uit elkaar. 'Dat is met de toets ook zo,' had Geurts gezegd, 'dus oefenen we vast.'

Ivo kwam langs de tafel van Bonzo en keek hem aan. Bonzo knikte naar Geurts en wees op zijn voorhoofd. Geurts ging door met het gezamenlijk nakijken van de proeftoets. Het was een oude toets van vorig jaar en om de beurt riep Geurts iemand voor de klas om een som op het bord uit te rekenen.

'Hans Bonsema,' zei hij.

Bonzo zuchtte. Ivo zag voor hem de brede gestalte van Bonzo langzaam overeind komen en zich moeizaam in beweging zetten richting bord.

'Kom op, Hans!' riep Geurts. 'We hebben nog meer te doen.'

Bonzo bleef voor het bord staan en mompelde: 'Ik snap het echt niet, meester.'

Geurts maakte een soort luchtsprongetje en schreeuwde: 'Je zit nu al voor de tweede keer in groep acht. Je dacht toch ze-

ker niet dat je nog langer op de basisschool kunt blijven? Dit is echt je laatste jaar hier. Je moet een goede toets maken, anders weet ik niet wat er van je worden moet.'

'Ik snap het echt niet, meester,' herhaalde Bonzo.

Geurts ging moedeloos achter zijn tafel zitten en vroeg: 'Nou, wat moet er van jou worden?'

Bonzo keek naar de grond. De klas gaapte hem aan. Ivo voelde medelijden met Bonzo, zoals hij daar stond als een bedroefde gorilla.

Ivo wist dat Bonzo het ècht niet kon. Hoe vaak had hij hem niet geholpen, maar het drong niet door tot zijn trage hersenen. Maar Bonzo was sterk, daarom durfde niemand hem te pesten met zijn traagheid.

Ivo werd wel gepest, vooral de laatste tijd. Aan het begin van het jaar was hij een van de beste leerlingen geweest van Geurts. Zijn kerstrapport had nog vol achten en negens gestaan. De klas noemde hem 'studie' en 'professor', maar toch hadden ze bewondering voor hem. Hij schepte nooit op over zijn goede punten en als ze hem toch eens pestten dan was er nog altijd zijn vriend Bonzo, een goede lobbes die geen mens kwaad deed, maar als hij boos werd dan maakte iedereen dat hij wegkwam.

Na de kerstvakantie was de ellende begonnen. Geurts, de aardige, jonge leerkracht, was steeds nerveuzer geworden. Hij nam wel honderd keer op een dag het woord 'toets' in zijn mond:

'Dat moet je niet met de toets doen.'

'Zo schrijf je niet met een toets.'

'Je moet toch wel wat jaartallen weten voor de toets.'

'De toets bepaalt uiteindelijk naar welke school je gaat.'

'De toets is voor je toekomst.'

Hoe dichter ze de dag van de toets naderden, hoe zenuw-achtiger Geurts werd.

De klas ook. De kinderen praatten er geregeld met elkaar over. Ivo werd er doodziek van. Zijn prestaties holden achteruit, tot groot genoegen van de rest van de klas. Vooral als ze een proeftoets kregen, was het alsof zijn verstand ineens geblokkeerd werd, alsof hij alles vergeten was.

Hij sprak er thuis met zijn moeder over. Die begreep wel waarom Geurts zo nerveus was. 'Hij heeft voor het eerst de oudste kinderen en moet ook voor het eerst de toets doen met een klas. Geloof maar dat die ouwe Vermolen hem de wacht aangezegd heeft. Directeur Vermolen gaat er prat op dat zijn basisschool altijd zulke hoge toetsresultaten heeft en de meeste kinderen naar Havo-Atheneum gaan.'

Toen snapte Ivo het ook.

Vermolen was een vreselijke kerel. Hij schreed door de gang als een koning en het allerergste dat je kon overkomen, was naar Vermolen gestuurd te worden. In zijn kamertje troonde hij achter een kolossaal bureau en je verliet vrijwel altijd het kamertje met een portie strafwerk.

Vermolen was degene die meester Geurts had veranderd in een zenuwlijder die alleen nog maar het woord toets kon zeggen.

Alle leuke dingen van vóór de kerstvakantie waren ineens opgehouden. Tekenen, handenarbeid, muziek, toneel, kringgesprekken, er was nu geen tijd meer voor, want in februari was de toets! Daarna zou het weer leuk worden, had Geurts gezegd.

Zelfs Bonzo werd bloednerveus van dat gezeur over de toets. De altijd rustige Bonzo, die zich nooit zorgen had gemaakt over de rissen onvoldoendes die hij haalde. Hij stond nu voor de klas met een rooie kop.

'Nou, wat moet er van jou worden?' vroeg Geurts weer.

'Ik word toch putjesschepper,' antwoordde hij droog.

De klas grinnikte.

'Meer zit er ook niet in,' mompelde Geurts en hij schrok van zijn eigen woorden. 'Ik bedoel... Hans, je moet toch proberen iets meer moeite te doen. Ik weet heus wel dat het lastig voor je is, maar probéér het!' Het klonk bijna smekend zoals Geurts het zei. 'Over een week is het zover. Dan is de toets. Je moet toch een beetje redelijk werk leveren.'

De pauzebel ging. 'Gaan jullie maar gauw naar buiten. Misschien dat het straks beter gaat.'

De klas stommelde naar buiten. Ivo liep naar Bonzo en trok hem aan zijn mouw. Bonzo sjokte achter hem aan.

Op de speelplaats kwamen Ingrid en Peggie bij hen staan.

'Nou professor, je gaat mooi af,' zei Ingrid.

Peggie giechelde. 'Eerst altijd de bolleboos van de klas en nou net zo sloom als Bonzo.'

'Sodemieter op,' gromde Bonzo.

De meisjes holden weg.

De jongens stonden een tijdje zwijgend bij elkaar.

'Klotetoets,' zei Bonzo. 'Ik verpruts hem toch, maar van jou snap ik het niet. Als je mij iets uitlegt, weet je alles, maar op school weet je niks meer.'

Ivo knikte. 'Dan weet ik alles, ja. Maar met die proeftoetsen word ik hartstikke zenuwachtig. Ik weet niet hoe het komt.'

'Geurts zeurt veel te veel over die toets,' zei Bonzo. 'Net of je leven ervan afhangt.'

'Hé, jongens,' hoorden ze achter zich een stem. 'Kunnen jullie wat voor me doen?'

64

Achter hen stond de postbode met een groot pak. 'Breng dit even naar de hoofdmeester.' De postbode stopte het pak in hun handen en verdween weer op de fiets.

Bonzo en Ivo liepen het plein over.

Ivo keek even op het pak en bleef staan. Hij stootte Bonzo aan. 'Kijk.'

Bonzo las moeizaam: 'Instituut voor toetsontwikkeling.'

'Dat is hem,' zei Ivo.

Bonzo grijnsde. 'Gauw openrukken,' riep hij. 'Halen we er eentje uit. Kunnen we vast oefenen.'

'Dat zou mooi zijn,' antwoordde Ivo. 'Hoeven we ons geen zorgen meer te maken. Maken we thuis alle opgaven, leren die uit ons hoofd en we maken een hele goeie toets.'

Even aarzelden ze. Op dat moment kwam Geurts langslopen.

'De toets, meester!' riep Bonzo. 'Zullen we 'm maar weggooien?'

Geurts grinnikte. 'Als dat zou kunnen... eh... breng 'm maar gauw naar meester Vermolen.'

Langzaam liepen ze naar het kamertje. Ivo klopte aan.

'Binnen,' klonk het.

Ze stapten het kamertje binnen. Vermolen kwam op hen toegelopen.

'Ah, de hulppostbodes,' grapte hij.

Hij nam het pak in ontvangst. 'Kijk eens aan, de toets. Over een weekje is het zo ver, jongens. Zullen jullie goed je best doen?'

De jongens knikten. Vermolen scheurde het pak open en haalde er een stapel grote witte enveloppen uit die aan de bovenkant waren dichtgeniet.

'Jullie zouden zeker wel willen weten wat erin zit,' ging Vermolen vrolijk verder, 'maar dat is nog geheim. Kijk,

het staat ook op de enveloppen: pas openen op de dag zelf.'

Vermolen liep naar zijn bureaula en haalde er een sleutel uit. Daarmee opende hij een grote kast en legde de enveloppen erin. 'Zo, hier zijn ze veilig tot volgende week. Nou mannen, bedankt, gaan jullie maar weer gauw spelen.'

De jongens liepen het kamertje uit. Toen ze ver genoeg weg waren van Vermolen siste Bonzo: 'Slijmbal. Zogenaamd vriendelijk doen, maar hij weet heel goed dat ik van die toets geen bal terecht breng. We zouden vanavond gewoon terug moeten gaan, die enveloppen openmaken en alles overpennen.'

Verbaasd keek Ivo naar Bonzo.

Zoals hij het zei, klonk het alsof het de gewoonste zaak van de wereld was, terwijl Ivo er niet aan moest denken om 's avonds in de school rond te sluipen als een inbreker.

Na de pauze gingen ze verder met rekenen. Naarmate ze verder kwamen met nakijken, werd Ivo steeds wanhopiger. Het was iedere keer hetzelfde liedje. Als ze de sommen bespraken, zag hij meteen wat hij fout gedaan had: een telfoutje, door de zenuwen over een getal heen gelezen of domweg een som overgeslagen.

Voor hem kromp Bonzo steeds verder in elkaar. Ook hij had bijna alles fout. Geurts liep door de klas en keek bij iedereen op zijn blaadje.

Bij Ivo bleef hij staan, schudde zijn hoofd en zei zacht: 'Het gaat om je toekomst, Ivo.'

Tranen sprongen in Ivo's ogen, maar Geurts zag het niet. Hij was al bij Bonzo, die laconiek zijn schouders ophaalde.

Toen Geurts weg was, keek Bonzo om en zag de betraande ogen van Ivo. Hij scheurde een kladblaadje van zijn blok en krabbelde er wat op. Onopvallend schoof hij het bij Ivo op tafel.

Zullen we vanavond een kijkje nemen op school?

Ivo knikte. Hij begreep wat Bonzo bedoelde.

'Ik ben nog even naar Bonzo!' riep Ivo terwijl hij de achterdeur uitliep.
'Niet te laat thuis,' antwoordde zijn vader vanuit de kamer.
Met bonzend hart sprong Ivo op zijn fiets.
Bonzo had hem na schooltijd precies verteld hoe ze het zouden aanpakken. Een maand geleden zou hij er niet over gedacht hebben om op school te gaan inbreken, maar nu kon het hem allemaal niks meer schelen.
Hij vond het best stom van zichzelf dat hij zich zo door Geurts liet opjutten voor die toets. Hij sliep er niet van en plaste weer in zijn bed. Hij had het gevoel dat hij op de dag van de echte toets niet eens meer een pen op papier zou kunnen krijgen. Hij was bang om af te gaan. Ivo, de studie van de klas, die een waardeloze toets maakte. Zijn ouders kwamen ook niet veel verder dan dat hij zich niet zo druk moest maken en ze vonden het ronduit aanstellerij dat hij weer in zijn bed was gaan plassen.
Bonzo stond hem op te wachten aan het begin van de straat waar de school stond. Zo traag als hij op school was met rekenen of taal, zo snel en handig nam hij nu de leiding.
'Laat je fiets hier staan,' zei hij. Ivo liep achter hem aan.

Vlak bij school schoten ze een smal zijpaadje in. Aan het eind bleven ze staan. Bonzo wees naar het parkje dat achter de school lag. 'Even wachten,' zei hij, 'kijken of er niemand loopt.'

Hij verdween om de hoek. Ivo bleef staan. Hij kon nog teruggaan. En dan? Bonzo in de steek laten? Hij keek op zijn horloge. Tien over acht. Het was al vrij donker. Hij moest zorgen dat hij om negen uur thuis was.

Bonzo kwam weer de hoek om. 'Alles veilig,' fluisterde hij. 'Kom.'

Voorzichtig slopen ze achter elkaar aan. Eerst door het struikgewas en daarna langs de achterkant van de school. Bij het derde raam hielden ze halt. Het was hun eigen lokaal. Bonzo drukte zachtjes tegen het raam, dat langzaam openging.

'Hoe kan dat?' fluisterde Ivo.

Bonzo lachte zachtjes. 'Ik heb vanmiddag aan Geurts gevraagd of ik de plantjes water mocht geven en toen heb ik het raam van de knop gezet.' Hij richtte zich even op en keek spiedend om zich heen. 'Alles veilig.'

Snel klommen de twee jongens naar binnen en sloten het raam achter zich.

Ze bleven even staan om aan de duisternis van het klaslokaal te wennen. Ivo voelde zich rustiger worden. Hier, in dit vertrouwde lokaal, leken ze veilig te zijn. Hij keek even naar Bonzo. Hij kon nauwelijks zijn gezicht zien, maar Bonzo's aanwezigheid stelde hem gerust. Samen liepen ze het lokaal uit, de gang door op weg naar het kamertje.

De lantaarnpaal die op de speelplaats stond, verspreidde net genoeg licht om te kunnen zien waar ze waren.

Voor het kamertje hielden ze halt.

'Zo,' grinnikte Bonzo, 'het hok van Vermolen.'

Hij opende de deur. Uit zijn jaszak haalde hij een zaklamp en scheen naar binnen. Het bureau van Vermolen zag er netjes opgeruimd uit. Bonzo ging erachter zitten en probeerde een la open te trekken. 'Verdomme, op slot. In deze la moet de sleutel van de kast liggen.'

Ivo stond nog steeds bij de deur. Vol bewondering had hij gekeken naar Bonzo, die als een geroutineerde inbreker naar binnen was gestapt met zijn zaklamp. Tot nu toe was alles prima verlopen, maar nu ze niet bij de sleutel konden, raakte Ivo in paniek.

'Laten we weggaan,' hijgde hij.

'Niks daarvan,' antwoordde Bonzo. 'We moeten eerst de sleutel van de la hebben. Wacht eens.' Hij tilde een ijzeren asbak op en scheen met zijn lamp op een sleutel die eronder lag.

'Hoe weet jij dat?' vroeg Ivo.

'Ik ben hier zo vaak geweest om op m'n donder te krijgen, dat ik hier alles weet.'

Ineens kraakte er ergens in de school een deur.

Bonzo knipte meteen zijn zaklamp uit. Ivo hoorde dat de asbak met een klap werd teruggezet.

'De voordeur,' fluisterde Bonzo.

'Godverdomme,' huilde Ivo.

Bonzo stond al naast hem en trok hem mee. In de hoek van het kamertje stond een bed voor kinderen die ziek waren en niet naar huis konden.

'Eronder,' beval Bonzo.

Bonzo dook er eerst onder en drukte zich zo ver mogelijk tegen de muur. Daarna schoof Ivo onder het bed, zo dicht mogelijk tegen Bonzo aan. Bonzo sloeg een arm om hem heen en Ivo wist dat hij veilig was. Gespannen wachtten ze af. Ze hoorden voetstappen in de gang.

'De deur van het kamertje staat nog open,' fluisterde Bonzo.

Bij de deur hielden de voetstappen halt.

Een zaklamp werd aangeknipt, scheen op het bureau en daarna op de kast.

Een inbreker, dacht Ivo. Dat was wel eerder gebeurd op school. Meestal waren ze op zoek naar geld of apparatuur. De laatste keer hadden ze het kopieerapparaat meegenomen, dat achter het bureau van Vermolen stond. Er stond nu een nieuwe machine. De inbreker liep inderdaad de kamer in naar het kopieerapparaat. Hij bleef even staan en drukte een knop in. Het kopieerapparaat begon zachtjes te brommen. Ze hoorden het metalige geluid van de asbak die werd opgetild, het omdraaien van een sleutel en een la die openging.

De inbreker liep nu zachtjes naar de kast, die hij openmaakte. Hij pakte er iets uit en legde het op het bureau. De jongens konden hun ogen niet geloven toen de inbreker de lamp neerlegde om hem zo over het bureau te laten schijnen. Ze zagen eerst de witte enveloppen van de toets en terwijl de inbreker naar voren boog om de enveloppen te openen herkenden ze het gezicht van Geurts. Bonzo kneep even in Ivo's schouder.

Voorzichtig maakte Geurts de nietjes los en haalde uit elke enveloppe een blad. Die legde hij onder het kopieerapparaat en maakte er een afdruk van. Daarna haalde hij uit de bureaula een nietmachine, sloot de enveloppen en legde ze terug in de kast.

Toen alle sporen waren uitgewist verdween Geurts. Nadat ze de buitendeur dicht hoorden gaan, wachtten ze nog even en kwamen toen onder het bed uit. Bonzo begon te lachen, zwaar en bulderend.

'Sssssssst!' fluisterde Ivo, maar ook hij zat te lachen.

Bonzo plofte neer op het bed. 'Die Geurts,' hikte hij. 'Net zo nieuwsgierig als wij.'

'Ja en net zo zenuwachtig,' zei Ivo.

'Kom,' zei Bonzo, 'wat hij kan, kunnen wij ook.'

Ivo schudde zijn hoofd. 'Niet nodig.'

'Hoezo?' vroeg Bonzo.

'Kom nou maar, dan gaan we weg.'

Bonzo keek naar zijn vriendje. Hij begreep er niets van. Ivo had zich al wekenlang zenuwachtig gemaakt en nu hij daar iets aan kon doen, liet hij het erbij zitten.

Ivo stond al op de gang.

Bonzo sjokte achter hem aan.

'Wat wil je nou?' vroeg hij.

'We wachten tot morgen,' zei Ivo en zijn stem klonk rustig en zeker. 'Als gebeurt wat ik denk, hebben we die toets niet nodig.'

'Wat dan? Ik snap er geen zak van!'

'Let op wat hij morgen zegt: 'Jongens, we nemen nog even wat door voor de toets.''

'Dat zegt hij zo vaak.'

'Ja, maar nu wordt het anders.'

Bonzo begreep er nog steeds niet veel van, maar hij vertrouwde op zijn vriend, zoals Ivo op hem vertrouwde om weer veilig buiten de school te komen zonder gezien te worden.

In de dagen die volgden zei Geurts opvallend vaak: 'Nog even wat doornemen voor de toets.'

De meeste kinderen lieten het gelaten over zich heen komen: ze waren het gezeur over die toets zo langzamerhand zat. Maar Ivo noteerde alles ijverig en nam het thuis nog eens met Bonzo door. Die begreep niet alles, maar in elk geval net voldoende om de echte toets redelijk te maken. Veel opgaven kwamen hem bekend voor.

De hele klas bracht het er trouwens goed vanaf. Ivo maakte zelfs een fantastische toets.

Vermolen kwam de kinderen feliciteren. 'Jullie hebben de naam van onze school hooggehouden. Met deze toetsresultaten liggen er vele wegen voor jullie open.'

Meester Geurts straalde ook helemaal en zei: 'Zie je nou wel dat jullie je voor niks zenuwachtig hebt gemaakt!'

De schoolpoes

Als je alleen was, liep je meestal een straatje om.

Vandaag waren ze met z'n drieën: Michel, Rob en Roos. Ze konden het er wel op wagen. Tegen drie kinderen durfden die katholieken niks te doen. Alleen een beetje schelden, maar dat deed geen pijn.

'Openbare klapsigaren!' riepen ze meestal.

'Katholieke stinkfabrieken!' riep je dan terug.

Daarna rende je weg, want ze kwamen achter je aan.

De hele straat door tot aan de hoek. Verder durfden ze niet, want daar begon het terrein van de openbaren.

Wie dat ooit bedacht had, wist niemand: een katholieke en een openbare school vlak bij elkaar. Maar het was altijd al zo geweest, zeiden je ouders.

Ook zij waren bang geweest als ze alleen langs de 'Antonius' moesten, want zo heette de katholieke school.

Trouwens omgekeerd gold hetzelfde. Wee je gebeente als je als katholiek kind langs de 'openbare' moest.

Op de Antoniusschool deden de meest vreselijke verhalen de ronde. De 'openbaren' hadden een meisje het fietsenhok ingesleurd en haar broek uitgetrokken.

Maar de katholieken waren ook niet mis. Er werd verteld dat ze een keer een openbare kleuter hadden gegrepen en drie dagen opgesloten in een oud kolenhok.

'Ze zijn allemaal op hun speelplaats,' zei Roos, toen ze de straat inliepen waar de 'Antonius' lag. 'Het is veilig.'

'Als ik die dikke Verhagen zie,' zei Michel, 'dan sla ik hem op zijn bek.'

74

'Jij durft,' zei Roos.

De dikke Verhagen was de meest gevreesde figuur van de Antoniusschool. 'Hun geheime wapen' noemde Rob hem altijd. Als je die achter je aan kreeg, dan liep je twee keer zo hard.

'Hij heeft laatst een sneeuwbal in mijn nek gegooid,' mopperde Michel. 'Met een steen erin.'

'Wat zat er dan in die sneeuwbal van jou?' vroeg Roos.

Michel haalde zijn schouders op. 'Niks... nou ja, een heel klein steentje, verder niet.'

In de poort van de speelplaats verscheen een brede gestalte. Roos giechelde. 'Ga je gang, Michel, daar is-ie.'

Michel snoof even. 'Hij is niet alleen.'

Achter de dikke Verhagen stond een groepje kinderen.

'Openbare klapsigaren!' schalde het door de straat.

Michel zette zijn handen aan zijn mond als een toeter en brulde: 'Hé dik varken, wanneer kom je bij ons op de barbecue liggen?'

De drie kinderen wachtten maar niet op het antwoord. Rennen, zo hard je kon. De straat uit, de hoek om. Daar liepen ze bijna twee andere kinderen ondersteboven: Harm en Judith.

'Hoi,' zei Roos, want Judith woonde bij haar in de straat.

'Opzij,' hijgde Judith, 'de openbaren zitten achter ons aan.'

Ze verdwenen de hoek om richting Antoniusschool. Rob schoot in de lach. 'Gek eigenlijk. Zij rennen en wij rennen. Ieder een andere kant op. Het ligt er maar aan op welke school je zit.'

Vlak bij hun school kwamen ze Niels en Coen tegen.

'Dat meisje met die lange paardestaart was weer aan het schelden,' zei Coen.

Roos knikte. 'Dat is Judith.'

'Ik had haar bijna te pakken.'

'Wat doe je dan met haar?' vroeg Rob.

'Ik maak haar af, die stomme trut,' gromde Coen. 'Ze roept steeds kale tegen mij. Ik kan er toch ook niks aan doen dat mijn moeder altijd tegen de kapper zegt: 'Kort, het moet lekker kort!''

Roos keek gauw de andere kant uit, want ze vond dat Judith eigenlijk gelijk had. Coens hoofd leek wel een beetje op zo'n rond Edammer kaasje.

'We moeten voor eens en voor altijd afrekenen met die katholieken,' stelde Michel voor.

Niels en Coen klapten in hun handen.

'Gewoon ze een keer goed te grazen nemen!'

Niels en Coen juichten.

Rob dacht even na en vroeg: 'Hoe stel je je dat voor?'

'Gewoon,' zei Michel strijdlustig, 'een flinke vechtpartij. We nodigen ze woensdagmiddag uit in het park op het grote grasveld.'

'Jaaa...!' riep Niels, 'een veldslag. De openbaren tegen de katholieken!'

'Met bloed en zo?' informeerde Roos.

'Natuurlijk!'

Roos haalde haar schouders op en liep naar school.

Op hetzelfde ogenblik stond op de speelplaats van de Antoniusschool een groepje kinderen rondom de dikke Verhagen.

'We moeten voor eens en voor altijd afrekenen met die openbaren,' stelde hij voor.

'Jaaa...!' juichten de anderen.

Roos liep naar de ingang van het schoolgebouw.

Op het stoepje zaten Marileen en Miesje.

Marileen was haar beste vriendin en Miesje was de schoolpoes.
Iedere ochtend zat Miesje keurig te wachten tot ze mee naar
binnen mocht.
Het was een grote witte poes met een rood bandje om. Ze
moest hier ergens in de buurt wonen, maar niemand wist
van wie ze was en hoe ze heette. Op een dag was ze er ineens en de kinderen hadden haar Miesje genoemd.
Als de school begon, liep Miesje mee naar binnen en ging
achter in de klas op de kast liggen.
Hun juf vond het ook wel gezellig en zette iedere dag een
bakje met melk neer.

Altijd waren er wel een paar kinderen die iets lekkers mee-
brachten voor Miesje: een stukje worst, wat vis of een blikje
kattevoer.

Miesje werd langzamerhand aardig dik.

'We kunnen haar ook Verhagen noemen,' had Michel voorgesteld, maar dat vond niemand een goed idee.

Als om twaalf uur de school uitging, wandelde Miesje weer
mee naar buiten en verdween in de bosjes naast de school.
Pas de volgende ochtend kwam ze terug.

Roos was naast Miesje gaan zitten en aaide haar.

'De jongens willen weer vechten,' zei ze tegen Marileen en
Miesje.

Miesje antwoordde met een zacht 'prauw' en Marileen zei
met een zucht: 'Stom gedoe.'

In de klas gingen de briefjes rond:

Woensdagmiddag 2 uur. Grote veldslag
tegen de Antoniusschool. In het park
op het grote grasveld.
Komt allen! Neem stokken mee

en:

We maken pus,
Van de Antonius!

en:

Weg met de dikke Verhagen!!

en:

LEVE DE OPENBAREN.
DOOD AAN DE KATHOLIEKEN!

Dit laatste briefje werd iets te opvallend doorgegeven.
Juf zag het. Ze liep net met een bakje melk in de richting
van Miesje en bleef midden in de klas staan. 'Breng maar
hier,' zei ze tegen Coen, die het naar Marileen wilde gooi-
en. 'Ik krijg ook graag post.'
Juf was woest. Ze wilde precies weten wat er aan de hand
was, maar niemand zei iets.
'Waar slaat dit op!' riep ze kwaad. 'Het maakt toch niet uit
op welke school je zit? Openbaar, katholiek, protestant,
joods, weet ik veel! We leven gelukkig in een vrij land, waar
je zèlf mag kiezen naar welke school je gaat!'
De kinderen luisterden stil naar de boze preek van de juf.
Zelfs Miesje werd er eventjes wakker van. Ze ging rechtop
zitten en keek met grote ogen naar de juf. Niet omdat ze de
preek zo interessant vond, maar de juf stond nog steeds
midden in de klas met háár bakje melk.
'Prauw,' zei Miesje zacht.
Juf liep naar haar toe en zette het bakje neer.
Tevreden begon Miesje te drinken.
Juf beende de klas door en ging boos achter haar tafel zit-
ten.

'Ik wil in onze klas nooit meer van deze briefjes zien!' riep
ze en ze sloeg met haar vuist op tafel. Ze was echt kwaad.
Het bleef even doodstil in de klas.
Niemand durfde zich te bewegen.
Behalve Miesje. Van achter uit de klas klonk zacht: 'Slob-
ber, slobber, slobber.'
Het was een raar geluid.
Roos begon te giechelen en daarna Marileen. Rob schoot in
de lach en even later lachte iedereen. Zelfs de juf.

Roos moest de boodschap doorgeven aan Judith, omdat die
bij haar in de straat woonde. Judith had de dikke Verhagen
ingelicht en nog dezelfde avond viel er bij Michel een brief
in de brievenbus. Keurig getypt.

Stomme openbare klapsigaren!

Woensdagmiddag om twee uur
zullen we er zijn,
met een groot leger.
In het park op het grote grasveld.
Na afloop zal het gras
niet meer GROEN, maar R O O D
zijn!
Doordrenkt met openbaar bloed.
Jullie laatste uur heeft geslagen!

Afzender: De Antoniusschool,
onder leiding van Jan S. Verhagen.

Toen Michel de volgende ochtend de brief voorlas op de speelplaats, werd onmiddellijk besloten een brief terug te sturen.

Tijdens het speelkwartier gingen Michel, Coen, Niels en Eva in een hoekje van het schoolplein bij elkaar zitten. Zij zouden de brief schrijven.

Eva was een van de meisjes die meteen wilde meevechten. De dikke Verhagen had een keer haar arm omgedraaid en haar in de modder gegooid. Nu kon ze eindelijk wraak nemen.

Eva schreef en Michel dicteerde:

Stomme katholieke stinkfabrieken
Wij zullen er ook zijn.
Bid nog maar gauw, want ná
woensdag kan het niet meer.
Afzender: de openbare school
o. L.v. Michel R. de Wit.

Die woensdagochtend liepen Marileen en Roos voor alle zekerheid een straatje om.

'Ik wil helemaal niet vechten,' zei Marileen.

Roos knikte. 'Ik ook niet. En al helemaal niet tegen Jan S. Verhagen.'

Marileen grinnikte en vroeg: 'Wat zou die S betekenen?'

Roos haalde haar schouders op. 'Weet ik veel. Slijmbal of zo.'

'En die R van Michel?'

'Die heeft hij alleen maar erbij gezet omdat Verhagen die S had. Het zal wel ruziezoeker betekenen of zoiets.'

'Het betekent Richard,' zei een stem achter hen. Het was Michel.

'Dure naam,' zei Roos. 'Michel Richard de Wit.'

'Ja, maar zo heet ik echt en volgens mij heeft de dikke Verhagen helemaal geen extra naam. Gewoon opschepperij om indruk te maken.'

Ze liepen een tijdje zwijgend verder.

'Jullie komen vanmiddag toch ook?' vroeg Michel.

'Ik weet het niet,' zei Marileen.

'Lafbek.'

Roos werd boos. 'Wat nou lafbek! Jíj zoekt toch steeds ruzie met de Antonius! Ik kan het hartstikke goed vinden met Judith en die zit ook op die school. Voor mij hoeft dat stomme gedoe niet.'

Michel rende weg terwijl hij riep: 'Lafaards, spionnen, overlopers!'

De meisjes keken elkaar aan en haalden hun schouders op.

'Ach, jongens,' zei Roos. 'Als ze maar kunnen vechten!'

Op het schoolplein liep iedereen druk door elkaar. Roos en Marileen dachten dat het kwam door het grote gevecht van vanmiddag, maar Eva kwam op hen toerennen en riep: 'Miesje is er niet!'

De meisjes schrokken.

Het was nog nooit voorgekomen dat Miesje er niet was. Zolang ze op school zaten, had Miesje 's morgens zitten wachten. Ze kwam al toen ze nog in de kleutergroep zaten en al die jaren was ze hun klas trouw gebleven. Als ze naar een nieuwe groep gingen, verhuisde Miesje mee.

Zelfs de juf was helemaal van slag.

82

'Ik begrijp er niks van,' zei ze, toen de kinderen eindelijk achter hun tafel zaten.

Michel stak zijn vinger op. 'Ik heb gehoord dat de Antoniusschool Miesje heeft opgesloten.'

'Van wie?' vroeg de juf.

'Dat zeggen ze.'

'Wat een onzin. Beginnen jullie nou niet weer met dat vervelende gedoe!'

De deur ging open en meester Van Leeuwen kwam binnen met een mevrouw.

'Dit is de bazin van Miesje,' zei hij. 'Ze woont hier een stukje verderop. Miesje is vannacht niet thuisgekomen. Mevrouw dacht dat jullie misschien iets meer wisten.'

De vrouw knikte en zei zacht: 'Ik weet dat onze poes 's ochtends hier altijd komt en ik dacht dat jullie me misschien kunnen helpen. Ze heet trouwens geen Miesje, maar Mickey.'

De meeste kinderen besloten die middag Miesje te gaan zoeken.

Michel protesteerde. 'We moeten vechten. Als we niet naar het park gaan, denken die katholieken dat we niet durven.'

Het geharrewar over wel vechten, niet vechten en Miesje zoeken duurde tot twaalf uur. Buiten de poort van de school ging de hele klas door met de discussie.

Ineens schreeuwde Coen: 'Ze komen al!'

Om de hoek van de straat kwam een grote groep kinderen aanstormen: de Antoniusschool. De dikke Verhagen rende voorop.

Iedereen deinsde achteruit.

'Staan blijven!' brulde Michel. 'Laat je niet kennen!' Ver-

hagen hield vlak voor Michel halt en schreeuwde: 'Waar is Witje? Wat hebben jullie met onze Witje gedaan?'

Verbaasd keken de kinderen elkaar aan. Witje?

'Die witte poes!' riep Verhagen. 'Die komt altijd 's middags in onze klas. Dan krijgt ze melk en lekkere dingen van ons. Haar bazin was bij ons op school, want Witje is weg. Ze zeggen dat jullie haar ontvoerd hebben.'

'Miesje zal je bedoelen,' zei Michel.

'Nee, Witje.'

'Mickey,' zei Roos. 'Ze heet Mickey.'

Toen iedereen gekalmeerd was, werd het de kinderen langzaam duidelijk.

Miesje, Witje of eigenlijk Mickey trok zich niks aan van openbaar of katholiek. 's Ochtends liet ze zich lekker verwennen op de openbare school en 's middags mochten de kinderen van de Antonius haar vertroetelen.

Hoe langer de kinderen erover nadachten, hoe leuker ze het vonden.

Het grote gevecht ging niet door. In plaats daarvan werd er een grote zoekactie georganiseerd. Door de hele buurt klonk urenlang: 'Witje! Miesje! Mickey!'

Maar de poes bleef onvindbaar.

Verdrietig gingen de kinderen naar huis.

De volgende morgen zat ze weer op de stoep alsof er niets gebeurd was. De hele klas knuffelde Miesje.

'Mogen we het op de Antonius gaan zeggen?' vroeg Roos aan de juf.

Toen ze even later, samen met Michel en Rob, de klas binnenstapte met het goede nieuws, werd ze met gejuich ontvangen.

'Juffrouw Seelen in het water!'

Dit was de dag waar iedereen in groep acht naar had uitgezien. Vandaag zouden ze hun meester in het zwembad gooien. Dat was een traditie die hoorde bij het afscheid van de basisschool. Net als het schoolkamp en de afscheidsavond.

Straks, na de pauze, zou groep acht voor de laatste keer gaan schoolzwemmen. Meester van Gelder zou zich, zoals altijd, terugtrekken op het terrasje naast het zwembad, want hij hield nou eenmaal niet van zwemmen.

'Dan wordt mijn baard zo nat,' zei hij altijd, maar hij gunde zijn klas het plezier in het water van harte. Als iemand met een fraaie duik onder water verdween dan applaudisseerde hij luid. Hielden een paar kinderen een wedstrijdje dan moedigde hij ze enthousiast aan en kocht voor de winnaar in het zwembadwinkeltje een grote spek. Vandaag zou hij voor één keer ook kopje onder gaan.

Olaf, René en Janneke stonden voor schooltijd druk te beraadslagen hoe ze het aan zouden pakken, want meester Van Gelder liet zich niet zomaar het water in smijten. De klas moest er wel voor werken. Uit de verhalen van groep acht van vorig jaar hadden ze begrepen dat er meestal een wilde achtervolging plaats vond, waarbij de hele klas achter de meester aan rende.

'Hij rekent er natuurlijk op,' zei Olaf. 'Als we maar in de buurt van het terrasje komen, gaat hij er al vandoor.'

René knikte en zei bedachtzaam: 'Wij moeten een list verzinnen.'

86

'Een wat?' vroeg Janneke, die vond dat René altijd van die moeilijke woorden gebruikte.

'Een list. Een slim plan om hem het water in te smijten.'

'Wat dan?'

René duwde zijn brilletje, dat altijd wat naar voren zakte, een stukje terug op zijn neus en zei: 'We wachten tot het zwemmen afgelopen is. Meester denkt dan vast dat we het vergeten zijn. We gaan braaf naar de kleedkamer en als hij komt kijken of we al klaar zijn, stormen we allemaal naar buiten, grijpen hem en gooien hem erin.'

Janneke klapte in haar handen en juichte: 'Jaaa... dat lijkt me leuk!'

Olaf was het daar mee eens. Ze wilden net aan hun klasgenoten gaan vertellen wat ze van plan waren, toen Katja met een boos gezicht bij hun groepje kwam staan.

'Verdomme!' riep ze.

Verbaasd keek Janneke naar haar vriendin en vroeg: 'Wat is er?'

'Verdomme, verdomme!' riep Katja nog een keer en ze stampte op de grond. Olaf, die vond dat Katja zich vaak nogal uitsloofde, keek haar meewarig aan en zei: 'Kind, doe niet zo overspannen.'

'Wat nou overspannen!' gilde Katja. 'Ik had me er net zo op verheugd.'

'Waarop?' vroeg Janneke.

Olaf en René wilden net weglopen – die Katja maakte altijd een enorme drukte om niks – toen Katja riep: 'Onze meester is ziek.'

'Wat? Echt waar?'

Katja knikte. 'En we krijgen juffrouw Seelen. Ik kwam net aanfietsen toen zij er ook aankwam. Ze zei dat ze moest invallen voor onze meester.'

'O nee,' kreunde Olaf, 'dit is een ramp.'

René knikte bedachtzaam en zei: 'Juffrouw Seelen is een ramp.'

De kinderen keken elkaar aan en dachten alle vier hetzelfde.

Juffrouw Seelen was de strengste invalster die je je maar kon voorstellen. Het was een grote, nogal gezette dame, bij wie je niet hoefde te proberen om iets uit te halen.

Ze zag alles, hoorde alles en met één enkele opmerking kon ze je flink voor schut zetten voor de hele klas.

Dat was nog eens wat anders dan meneer Swinkels, die laatst inviel. Swinkels was nog een jong broekje die net van de PABO kwam. Bij hem hadden ze de boel flink op stelten gezet, maar dat kon je bij Seelen wel vergeten.

'Dat wordt niks in het zwembad,' zei Olaf teleurgesteld.

'Precies,' antwoordde Katja, 'en daarom was ik net zo boos en helemaal niet overspannen.'

'Nou, een beetje wel,' zei Olaf.

'Helemaal niet!'

'Wel waar!'

'Hou nou op,' zei Janneke, die geen zin had in geruzie. 'Daar gaat het helemaal niet om. Ik vind het hartstikke stom dat onze meester ziek is. We krijgen Seelen nooit het water in. Ik zou niet eens durven.'

René duwde voor de zoveelste keer zijn brilletje terug op zijn neus en fluisterde geheimzinnig: 'Weet je wat het grootste probleem is met dikke Seelen? Als je die in het zwembad gooit, stroomt meteen het hele bad over.'

De kinderen lachten.

'Zullen we vragen of ze mee gaat zwemmen?' stelde Olaf voor.

'Weet je wat ze dan zegt?' zei René.

De kinderen keken hem vragend aan.

'Dan zegt ze, net als onze meester, dat ze het niet doet omdat haar baard nat wordt.'

Ze schoten weer in de lach, want ze dachten onmiddellijk aan de drie grote haren op de kin van juffrouw Seelen.

Toen ze even later bij haar in de klas zaten, konden Katja en Janneke het dan ook niet laten om steeds weer naar de kin van juffrouw Seelen te kijken. De drie haren zaten er nog en de meisjes moesten zich verstoppen achter hun rekenboek omdat ze zaten te stikken van de lach.

'Janneke en Katja,' klonk de zware stem van juffrouw Seelen, 'wat valt er hier te lachen?'

'Niets juf.'

'Niets? De dames lachen om niets! Dan moet je toch wel erg dom zijn. Leg die rekenboeken normaal neer en maak je sommen af!'

Juffrouw Seelen keek de meisjes dreigend aan en pakte een stapel blaadjes uit de kast.

Dat werd strafwerk. Met een nadrukkelijk gebaar legde ze de blaadjes voor zich op tafel en zei: 'Ik wil de dames niet meer horen, anders moet ik helaas andere maatregelen nemen!'

Oef! Daar waren ze goed vanaf gekomen.

Ze durfden elkaar niet meer aan te kijken en begonnen ijverig hun sommen te maken, want ze wisten dat Seelen ze van nu af extra in de gaten zou houden.

René, die bij de meisjes in het groepje zat, schoof een kladblaadje onder de neus van Janneke.

'Dat scheelde een haartje,' las ze en ze kreeg meteen weer een lachbui.

'Kom maar hier,' bulderde juffrouw Seelen door de klas.

Voor straf moest Janneke thuis drie bladzijden uit haar taalboek overpennen.

Toen ze op haar plaats ging zitten, lag er weer een briefje op haar tafel. Janneke durfde niet te kijken, bang dat er weer een gekke opmerking van René op zou staan.

Katja pakte het blaadje en fluisterde: 'René zegt dat hij je zal helpen met het strafwerk.'

Dankbaar keek Janneke even naar René en ging verder met haar sommen.

Na de pauze vertrokken ze naar het zwembad.

Juffrouw Seelen liep voorop en daarachter kwam de klas als een kudde gedweeë schapen. De juf had een soort bergschoenen aan, waarmee ze enorme stappen nam, zodat de kinderen moeite hadden om haar bij te houden.

Katja, Janneke, René en Olaf liepen achteraan.

'Zou ze meezwemmen?' vroeg Olaf.

'We kunnen het toch vragen,' zei Katja.

De kinderen renden naar voren en gingen naast de juf lopen.

'Zwemt u ook mee?' vroeg René en hij struikelde bijna over zijn eigen benen, omdat hij zo vlug moest lopen.

'Nee!' zei juffrouw Seelen bits.

De kinderen aarzelden even: Seelen vond het kennelijk niet leuk dat ze het aan haar vroegen.

'Waarom niet?' vroeg Olaf.

Seelen hield even de pas in en keek hem streng aan. 'Omdat eeh...' Ineens veranderde haar stem. Het leek wel of het even heel verdrietig klonk, toen ze antwoordde: 'Vroeger heb ik heel veel gezwommen. Heel veel! Maar nu doe ik dat niet meer. Ik wandel tegenwoordig graag.'

'Dat merk ik,' hijgde René, die nog steeds moeite had haar bij te houden.

Juffrouw Seelen wees naar het einde van de rij. 'Kom kinderen, terug op je eigen plaats in de rij!' commandeerde ze en haar stem klonk weer net zo streng als altijd.

Met grote passen marcheerde ze verder.

De kinderen wachtten tot de rij voorbij was en sloten aan.

'Jij durft,' zei Katja tegen Olaf, 'om te vragen waarom ze niet meezwemt.'

'Ze deed ineens wel raar,' zei Janneke, 'zo anders.'

'Toch moeten we haar in het water gooien,' vond Olaf. 'Dit is de laatste keer dat we gaan zwemmen met onze klas. Over een week zijn we van school af.'

'Ja, maar Seelen is onze meester niet,' protesteerde Janneke. 'Ik durf het niet, hoor!'
De andere kinderen, die vlak bij hun groepje liepen, waren
het daar mee eens. Natuurlijk was het jammer dat meester
Van Gelder ziek was, maar Seelen in het water gooien, dat
leek onmogelijk.
'Levensgevaarlijk,' zei René, 'er mogen trouwens geen nijl-
paarden in het zwembad.'
De meeste kinderen lachten behalve Janneke. Zij moest nog
steeds denken aan de verdrietige stem van juffrouw Seelen
toen ze zei: 'Vroeger heb ik heel veel gezwommen. Heel
veel.'
Zou ze niet meer zwemmen, omdat ze nogal dik was? Dat
kon Janneke zich niet voorstellen: bij Jannekes oma vergele-
ken was Seelen maar een dunne spriet, maar toch ging haar
oma iedere week zwemmen.

In het zwembad viel zoveel te beleven dat Janneke er verder
niet meer aan dacht.
Omdat het de laatste keer was, had de vriendelijke oude
badmeester allerlei speeldingen in het water gegooid. De
kinderen hadden het zo druk met het elkaar van de matten
afgooien, bordjes opduiken en met het kabelbaantje over
het bad zwieren, dat de tijd voorbij vloog.
Juffrouw Seelen stond op de kant. Ze had haar grote bergschoenen uitgedaan en moedigde op blote voeten de kinderen aan. Het leek wel of er een andere juffrouw Seelen
stond. Ze lachte en gooide kwartjes in het water, die de kinderen opdoken en waar ze snoep voor mochten kopen in het
winkeltje. De kinderen die niet durfden te duiken, kregen
zomaar een kwartje van haar. Olaf snapte er niks van.
'Ik weet hoe het komt,' zei René en hij duwde even tegen

zijn brilletje, dat hij niet op had onder het zwemmen, maar hij was het nou eenmaal zo gewend.

'Hoe dan?' vroegen Katja en Janneke, die net bij de jongens op de mat zaten midden in het zwembad.

'Dat komt,' zei René, 'omdat ze ook snapt dat het onze laatste keer is en...'

Verder kwam hij niet, want een paar andere kinderen duwden de mat om en gillend rolden de kinderen het water in.

Na een half uur was het zwemmen voorbij.

Terwijl ze met de hele klas naar de douche liepen, keek Olaf nog een keer om.

Seelen stond aan de rand van het zwembad te praten met de badmeester.

'Moet je nou zien,' zei René met spijt in zijn stem. Bijna de hele klas draaide zich om en keek naar juffrouw Seelen. 'Ze staat vlak aan de rand en niemand durft haar erin te duwen.' De kinderen keken zwijgend naar juffrouw Seelen.

'Juffrouw Seelen in het water!' riep Olaf ineens.

Het bleef even stil.

Juffrouw Seelen hoorde het kennelijk niet, zo druk was ze in gesprek met de badmeester.

'Juffrouw Seelen in het water!' riep Olaf nog een keer.

Een paar andere kinderen begonnen nu ook en al gauw brulde de hele klas: 'Juffrouw Seelen in het water! Juffrouw Seelen in het water!'

Het galmde door het zwembad en het klonk steeds verontwaardigder, want de klas was kwaad. Kwaad omdat zij niet, net als andere groepen acht, de kans kregen om hun meester in het water te gooien.

Ineens kwam juffrouw Seelen met grote stappen naar hen toelopen. Onmiddellijk stopten ze met roepen. Er viel een doodse stilte.

Vlak voor de kinderen bleef ze staan. Groot en dreigend.

De klas deinsde achteruit.

Toen knikte ze even en zei zacht: 'Ik weet het. Dit is jullie laatste keer. Jammer dat jullie meester ziek is, maar...'

Ineens draaide ze zich om naar het zwembad, nam een aanloop en sprong met een schitterende snoekduik het water in.

94

Stomverbaasd staarden de kinderen naar het water. Juffrouw Seelen was onder water verdwenen en pas een heel stuk verder kwam ze weer boven en zwom met krachtige slagen het hele zwembad door.

De kinderen stonden er nog steeds bij alsof ze een spookverschijning zagen.

De badmeester kwam naar hen toelopen en grinnikte.

'Dat hadden jullie niet gedacht, hè?' zei hij. 'Weten jullie wie daar zwemt? Dat is Annie Seelen. Die was dertig jaar geleden zwemkampioen van Nederland.'

De kinderen vielen vandaag van de ene verbazing in de andere. Juffrouw Seelen zwemkampioen?

'Ze was de allerbeste,' ging de badmeester verder. 'Maar toen ze wat ouder werd en ze niet meer tot de kampioenen behoorde, is ze plotseling gestopt en daarna wilde ze er nooit meer over praten. Het is ook heel moeilijk als je tot de top hebt behoord en het is ineens afgelopen.'

De oude badmeester glimlachte even en wees naar het water. 'Maar kinderen, moet je eens kijken, die juf van jullie zwemt nog fantastisch.'

Ze renden naar de rand van het zwembad. Juffrouw Seelen was nu aan de overkant en keerde.

De kinderen begonnen te juichen en haar naam te roepen.

'Seelen! Seelen! Seelen!' galmde het door het zwembad en zelfs de badmeester riep mee.

Juffrouw Seelen schoot als een pijl door het water en bereikte al snel de kinderen. Ze klom het trapje op en de kinderen ontvingen haar met luid applaus alsof ze opnieuw kampioen was geworden.

Juffrouw Seelen straalde.

'Nog een keer, juf!' riep Olaf.

Ze aarzelde even en keek naar haar druipende jurk.

De badmeester kwam aanlopen met een badjas en legde die over haar schouders.

'Dat was weer mooi werk, Annie,' zei hij lachend.

Verlegen keek ze hem even aan en mompelde: 'Ik ben niet goed wijs op mijn ouwe dag.'

Ineens veranderde de zwemkampioen Annie Seelen weer gewoon in juffrouw Seelen. Ze klapte in haar handen.

'Snel aankleden,' riep ze streng, 'we zijn al veel te laat.'

De kinderen renden naar de douche en verdwenen daarna in de kleedkamers, waar ze nog opgewonden napraatten over wat er gebeurd was.

Juffrouw Seelen kreeg van de badmeester droge kleren en toen de klas weer terug naar school liep, droeg juffrouw Seelen een broek en een grote slobbertrui in plaats van haar jurk. Haar grote bergschoenen had ze natuurlijk wel aan, zodat de klas weer moeite had om haar bij te houden.

Janneke, Olaf, Katja en René liepen deze keer vlak achter haar.

'Wat kunt u goed zwemmen, juf!' zei Olaf vol bewondering.

Juffrouw Seelen stopte even en draaide zich om. 'Ja hè?' antwoordde ze, 'maar tegenwoordig houd ik meer van wandelen. Kom kinderen, doorlopen!'

Met grote stappen liep ze verder en de klas holde hijgend achter haar aan.

Het schoolreisje

Voor de ingang van de school was het een drukte van jewelste. Groep zeven ging op schoolreis.

Meester Wagner overzag de chaos en zuchtte diep. Ouders stonden volop met elkaar te kletsen, kinderen renden heen en weer, bewonderden elkaars rugzakken, keken hoeveel snoep en drinken iedereen bij zich had en maakten een hels kabaal.

Het was Wagners eerste schoolreis en hij was nog zenuwachtiger dan zijn kinderen.

Vannacht had hij erover gedroomd.

Hij zag zichzelf vertrekken met achtentwintig kinderen en terugkomen met veertien. De helft was hij kwijtgeraakt in het pretpark. De andere helft, die hij dan wel thuis had weten te brengen, stapte uit de bus met gebroken armen en benen, kapotte brillen en gescheurde kleren.

Hij was gillend wakker geworden en zijn vrouw had lang op hem moeten inpraten. 'Toe nou, Albert. Het zal heus wel meevallen.'

'Het zal helemaal niet meevallen,' had hij geroepen. 'Gwen klimt natuurlijk in alle bomen die hij tegenkomt en Richard zit tijdens de busreis de meiden weer te pesten. Nina zal dat niet op zich laten zitten en hem een paar flinke rammen verkopen. En als we naar huis gaan, zijn Fleur en Jeske onvindbaar, want die doen toch altijd precies wat ze zelf willen. En als Koen en Martijn beginnen, dan...'

'Rustig nou!' riep zijn vrouw. 'Je overdrijft. Echt waar, je zult zien, het wordt heel gezellig. Het komt gewoon omdat

het je eerste schoolreisje is. En je gaat toch niet alleen? Er gaan nog twee ouders mee.'

'Ook dat nog!' riep meester Wagner. 'Zien ze meteen dat ik dat stel niet in de hand heb.'

'Onzin. Op school gaat het toch ook prima.'

'Ja, op school! Maar een pretpark is heel iets anders. Ik had er nooit aan moeten beginnen.'

'Natuurlijk wel,' zei zijn vrouw. 'Je ziet altijd als een berg op tegen nieuwe dingen. Laatst, toen je op bezoek bent geweest in die grote bloemenkwekerij, verliep het toch ook goed?'

'Dat was hier in het dorp. Dat is heel iets anders. Trouwens, toen liep Harm-Peter ook ineens dwars door de bloembedden heen en heeft voor tweehonderd gulden aan hyacinten kapotgetrapt.'

Na een uur was hij eindelijk weer in slaap gevallen. Nu stond hij hier, voor de school, te midden van een lawaaierige menigte.

Kalm blijven, dacht hij almaar. Kalm blijven, dat is het enige wat helpt.

'De bus!' gilde Grietje. 'Daar is de bus!'

De kinderen stormden naar de stoeprand.

'Achteruit!' commandeerde meester Wagner. 'Niet te dicht bij de stoep.'

De bus kwam langzaam tot stilstand en meteen begon het gevecht om binnen te komen. De meester worstelde zich door de meute naar de ingang en riep: 'Wat hebben we afgesproken?'

De kinderen weken uiteen en lieten hem door.

Gwen en Richard glipten snel de bus in en renden naar de achterste bank.

'Terug jullie!' riep Wagner. De jongens deden of ze hem niet hoorden en zaten al achterstevoren op de bank naar hun ouders te zwaaien. Meester Wagner beende de bus door en stuurde de twee kinderen terug naar de uitgang. Mopperend stapten Gwen en Richard uit.

Wagner ging nu op het trapje staan en liet de kinderen twee aan twee naar binnen.

Achterin barstte het gevecht los om de laatste bank. Nina en Vanessa waren daar als eersten aangekomen en wilden de bank vrijhouden voor een paar andere meiden.

Gwen en Richard pikten dat niet en probeerden de twee meisjes van de bank te trekken. Gwen draaide de arm om van Vanessa, maar Nina verdedigde haar vriendin moedig. Ze gaf Gwen een stomp in zijn maag, smeet hem in het gangpad en ging boven op hem zitten. Richard probeerde Gwen te bevrijden, maar aangezien Nina nogal stevig was, lukte het hem niet Gwen onder haar vandaan te trekken.

'Ik stik bijna!' riep Gwen. 'Ga van me af, olifant!'

'Wàt zei je daar?' vroeg Nina. Ze kwam even iets omhoog en liet zich weer met een plof boven op Gwen vallen.

'Auoeoeoe!' Gwen snakte naar adem.

'Wat zei je dat ik was?' vroeg Nina en ze maakte aanstalten om zich nog een keer op hem te laten vallen.

'Je bent...' hijgde Gwen, 'je bent... je bent...'

'Nou, wat ben ik?'

'Een... klein lief slank dennetje.'

Nina gromde tevreden en stond op.

Toen meester Wagner achter in de bus kwam, lag Gwen nog steeds bij te komen in het gangpad. Hij trok hem overeind en zei: 'Gwen, in een bus zit je meestal op een bank en lig je niet op de grond.'

'Ja maar, meester, dat wilde ik ook maar dat stomme kind...'

'Meester!' gilde Nina, 'hij begon! Hij heeft Vanesssa bijna uit elkaar gerukt.'

'Nou, nou,' antwoordde Wagner, 'dat valt wel mee. Ze leeft nog.'

'Kom op,' siste Richard tegen zijn vriend. 'We kunnen er nog bij.'

Hoewel de achterbank door vijf meisjes in beslag werd genomen, konden de jongens nog net in de hoek kruipen.

Nina protesteerde luid. 'Meester, ik ga niet de hele reis naast Gwen zitten. Die martelt meisjes.'

Gwen tikte op zijn voorhoofd en vroeg: 'Wie martelt hier

wie? Ik ben net bijna verpletterd onder een tientonner.'

Bam! Daar had Gwen weer een dreun te pakken van Nina.

Meester Wagner pakte Nina bij haar arm en zei: 'Naar voren, jij. Daar is nog plaats genoeg!'

Verontwaardigd schudde ze haar hoofd. 'Meester, Gwen is begonnen.'

'Oké, dan gaat die ook voorin zitten.'

'Als we nou beloven geen ruzie meer te maken,' stelde Richard voor. 'We houden ons echt rustig.'

Ineens werd Wagner aan zijn jas getrokken. Achter hem stond Fleur.

'Meester, Jeske huilt,' zei ze. 'Jeske wil naast mij zitten, maar er zijn nergens meer twee plaatsen naast elkaar vrij.'

De meester keek de kinderen op de achterbank een voor een aan. 'Jullie mogen het hier proberen,' zei hij. 'Maar als het gedonder wordt, haal ik jullie hier allemaal weg.'

De kinderen juichten, terwijl de meester naar het midden van de bus liep. Daar stond Jeske te snikken.

Wagner zag dat Koen en Martijn ieder op een eigen bank zaten. 'Vooruit, Koen en Martijn, jullie kunnen best naast elkaar. Jullie zijn toch vrienden?'

'Niet meer,' zei Koen droog. 'We hebben ruzie.'

Wagners mond viel open van verbazing. Koen en Martijn ruzie? Dat was onmogelijk.

'Sinds wanneer hebben jullie ruzie?' vroeg hij.

'Vanaf tien voor negen.'

Wagner keek op zijn horloge. 'Negen uur,' mompelde hij. 'We moeten nu echt weg. Koen, jij gaat naast Martijn zitten. Als jullie om half tien nog ruzie hebben, dan mogen jullie apart zitten.'

Zwijgend stond Koen op en schoof naast Martijn op de bank. Martijn keek boos naar buiten, maar zei verder niets.

Jeske en Fleur kropen bij elkaar en begonnen hun eerste reep chocolade op te eten.

Wagner telde de kinderen: '19, 20, 21, 22, 23... wie is er niet?'

'Ik, ik, ik,' riep iedereen door elkaar.

'Harm-Peter!' krijste Nina.

De hele bus lachte. Het zou weer niet waar zijn. Harm-Peter kwam altijd te laat, dus nu ook.

Ineens kraakten de luidsprekertjes die boven in de bus zaten en klonk de stem van de chauffeur: 'Meester, kunnen we rijden?'

Wagner liep naar voren en zei dat er één kind nog niet was.

'Hij komt eraan!' riep Vanessa.

Alle hoofden draaiden zich naar achteren. Ze zagen Harm-Peter komen aanrennen. Wild zwaaiend met zijn armen en onverstaanbare dingen roepend. Hijgend kwam hij de bus binnen.

'Waar bleef je nou!' vroeg meester boos.

'M'n tas, meester... ik was m'n tas vergeten... en toen... en toen...'

De chauffeur hield de microfoon vlak bij de mond van Harm-Peter, zodat de hele bus zijn verhaal kon horen.

'...en toen... ben ik weer naar huis gegaan... en toen ik bijna hier was, keek ik nog even in mijn tas... en toen... toen... zag ik dat er niks in zat... m'n moeder had alles klaargelegd op tafel... maar ik was vergeten... het in de tas... en toen ben ik weer teruggegaan om...' De hele bus gierde het uit.

'Zoek maar gauw een plaatsje,' zei Wagner.

Terwijl Harm-Peter door het middenpad liep, begon iedereen te klappen. Hij stak zijn armen in de lucht alsof hij net een bokswedstrijd had gewonnen.

'We kunnen,' zei Wagner tegen de chauffeur. Die startte de motor en langzaam reed de bus de straat uit, nagezwaaid door de ouders.

Meester viel met een zucht neer op de stoel naast de chauffeur. Achter hem zaten de twee moeders die meegingen druk met elkaar te kletsen. Af en toe bogen zij zich even naar hem toe en boden hem een zuurtje aan, maar daarna praatten ze weer verder zonder op hem te letten. Wagner sloot even zijn ogen. Kon ik maar even slapen, dacht hij. Ik ben zo moe. Veel kans kreeg hij niet.

Fleur stond ineens naast hem met een grote zak snoep. 'Dropje, meester?' Gedachteloos nam hij er een.

Toen hij omkeek, zag hij dat iedereen inmiddels druk zat te kauwen. Enorme hoeveelheden drop, chips, kauwgum, zuurtjes, spekkies en andere lekkernijen waren uit de tassen te voorschijn gekomen en er ontstond een levendige ruilhandel.

Regelmatig werden hem snoepjes aangeboden. Hij voelde zich nog steeds zenuwachtig en at alles op in de hoop door het gekauw wat te kalmeren.

De chauffeur zette de radio aan en al gauw zat iedereen mee te brullen met de nummers uit de top-tien die door de bus schalden.

Toen ze met de bus over de grote brug bij Zaltbommel reden, probeerde hij nog iets uit te leggen over grote rivieren en uiterwaarden. Maar zijn uitleg werd al snel onderbroken door een spreekkoor onder aanvoering van Richard. 'Geen les vandaag! Geen les vandaag!'

Moedeloos ging Wagner weer zitten en verontschuldigde zich tegenover de twee moeders: 'Ach ja, ik kan het me wel voorstellen. Het is ook een dagje uit, nietwaar?' De moeders knikten en boden hem nog een zuurtje aan.

De verdere reis verliep vrij rustig.

Eén keer moest Wagner ingrijpen, toen iedereen door de bus begon te lopen.

'Op je plaats blijven zitten,' riep hij door de microfoon. De meeste kinderen gingen braaf terug, behalve Gwen. Toen Wagner dreigde hem voorin te zetten, schoot hij terug naar de achterste bank.

Het werd langzamerhand zelfs gezellig, vooral toen de kinderen door de microfoon een mop mochten vertellen. De leukste mop zou een prijsje krijgen, had Wagner beloofd.

Harm-Peter won. Hij vertelde een mop over de meester. 'Onze meester liep door het bos en zag twee eekhoorns die naar hem wezen en om hem lachten. Nou, onze meester dacht, ik loop gewoon door. Maar even verderop zaten nog meer eekhoorns die hem uitlachten. Niks van aantrekken, dacht onze meester. Maar verderop zaten wel dertig eekhoorns naar hem te wijzen en om hem te lachen. Nou is het genoeg! dacht de meester. Hij liep erheen en vroeg: 'Waarom lachen jullie zo?' Toen antwoordde één van die eekhoorns: 'Omdat we nog nooit zo'n gróte eikel hebben gezien!'' De kinderen gierden het uit. Wagner keek onbeholpen om zich heen, maar toen hij zag dat de twee moeders en de chauffeur hartelijk meelachten, probeerde hij ook maar vrolijk te kijken. Met een wat zuinig lachje overhandigde hij Harm-Peter een reep chocola.

Die straalde helemaal en riep: 'Goeie mop, hè meester!' Wagner knikte en ging weer op zijn plaats zitten.

Als troost kwamen de kinderen hem nog wat snoepjes brengen. Hij stopte ze in zijn zak, want langzamerhand begon hij misselijk te worden van dat gesnoep. Net als sommige kinderen trouwens. Vlak voordat ze bij het grote pretpark waren, moest de chauffeur stoppen omdat twee kinderen moesten overgeven.

Meester ging mee de bus uit en bleef bij hen in de berm staan. Hij keek wel de andere kant uit. Bang dat bij de aanblik van overgevende kinderen zijn maag ook zou omkeren. Met moeite hield hij zich goed.

Tijdens het laatste stukje van de reis overlegde hij met de ouders. Aanvankelijk was hij van plan geweest om met de hele groep het pretpark in te gaan en één voor één alle attracties af te werken. Maar hoe dichter ze bij hun reisdoel kwamen, hoe onzinniger hem dit plan voorkwam. Hij werd al moedeloos bij de gedachte dat hij de hele dag met een sliert kinderen door het park moest sjouwen. De kinderen zouden er vast ook geen zin in hebben.

'Laat ze toch gewoon hun eigen gang gaan,' stelde een van de moeders voor. 'In het park is genoeg toezicht. In het midden is een groot restaurant en daar gaan wij op het terras zitten, zodat ze ons altijd kunnen vinden.'

'Precies,' zei de andere moeder. 'Je spreekt gewoon een tijd af waarop ze bij elkaar moeten komen om te eten en dan laat je ze weer hun eigen gang gaan.'

Wagner aarzelde. Ze zo maar loslaten in het park?

'Je moet een beetje vertrouwen hebben,' zeiden de moeders. 'Het zijn geen baby's meer. Je zult zien dat het best lukt.'

Wagner besloot het erop te wagen en toen hij het aan de kinderen voorstelde, ging er een luid gejuich op.

Nadat hij bij de ingang de kaartjes had gekocht en ze met zijn allen naar het restaurant in het midden van het park waren gelopen, verdwenen de kinderen in een mum van tijd alle kanten uit.

Wagner en de ouders installeerden zich op het grote terras bij het restaurant en bestelden koffie. Hij probeerde zich een beetje te ontspannen, maar dat lukte niet echt.

Terwijl de moeders tegen hem aan zaten te praten, bleef hij om zich heen kijken en dronk de ene kop koffie na de andere. Elk moment verwachtte hij een huilend kind op zich af te zien komen, met een opengehaald been of een gebroken arm, ondersteund door klasgenootjes. Maar in plaats daarvan kwam er regelmatig een groepje uitgelaten kinderen langs. Ze vertelden waar ze allemaal al in waren geweest: de python, de wild-water-baan, het piratenschip, de draaimolen en natuurlijk het sprookjesbos. Dan verdwenen ze weer.

Langzamerhand voelde hij zich wat rustiger.

Even dreigde het nog mis te gaan.

Uit de grote geluidsinstallatie, die over het hele terrein te horen was, schalde plotseling een stem: 'Wil een leerkracht van de Manse-school uit Abcoude zich zo spoedig mogelijk naar de EHBO-post bij de ingang begeven?'

Wagner sprong overeind en viel met een zucht terug in zijn stoel. De moeders schoten in de lach.

'Weet je nou nog niet hoe je school heet?' vroeg een van hen. 'En waar je vandaan komt?'

'Ja natuurlijk,' stamelde Wagner en hij probeerde ook te lachen. 'We komen niet uit Abcoude en we heten geen Manse-school.'

Om één uur zouden alle kinderen zich weer verzamelen bij het terras.

Toen hij zag dat iedereen er al om tien voor één was, begon hij langzamerhand het gevoel te krijgen dat hij zich een beetje aanstelde. Het viel allemaal ontzettend mee.

Hij deelde een appel uit en een flesje drinken.

Daarna verdween iedereen weer met de boodschap om uiterlijk vier uur terug te zijn.

Hij liet zich door Fleur en Jeske overhalen mee te gaan in de wild-water-baan. Ze zaten in een soort ronde boot en werden door woeste stromen en langs wilde watervallen gevoerd. De meisjes gilden en hij begon er zelf ook steeds meer plezier in te krijgen. Hij stapte drijfnat uit het bootje en liet zich meetronen naar het treintje dat helemaal om het park heen reed. Ze moesten een half uurtje wachten, want er waren nog veel meer liefhebbers.

Toen hij eindelijk terugkeerde op het terras, vertelde hij de

twee moeders enthousiast over zijn tocht op de wild-water-
baan.

Tegen vier uur verzamelden de kinderen zich langzamer-
hand weer. De chauffeur was er ook al en keek op zijn hor-
loge. 'Kunnen we, meester?' vroeg hij.
'Ik denk van wel. Even tellen. Eens kijken... 19, 20, 21, 22,
23... eeh... Jongens, wie missen we nog?'
De kinderen begonnen rond te lopen en door elkaar te roepen.
'Harm-Peter!' riep iemand.
Wagner liep tussen de kinderen door. Inderdaad, de enige
die nog ontbrak was Harm-Peter. Hij keek op zijn horloge.
'We hebben nog vijf minuutjes. Die komt vast zo opdagen.'
Nina, die vlak naast hem stond, riep: 'Of niet.'
Kalm blijven, dacht Wagner. Het is tot nu toe prima ge-
gaan. Er is nog geen reden tot paniek.

Niet ver van het terras vandaan stond Harm-Peter te wachten bij het treintje. Hij stond er al zeker drie kwartier. In de
verte zag hij de kleine stoomlocomotief komen aanpuffen.
Hij verheugde zich op het ritje. Harm-Peter was gek op trei-
nen en hij had er graag voor over gehad om zo lang in de rij
te moeten staan.
De trein stopte, mensen stapten uit en Harm-Peter wrong
zich razendsnel de wagon binnen die vlak achter de locomotief zat. Zo kon hij alles van dichtbij bekijken.
De fluit gilde even en langzaam zette de trein zich in beweging. Harm-Peter vergat alles om zich heen, keek naar de
machinist die kolen in de locomotief gooide en hij genoot
ervan. De tijd was hij helemaal vergeten.

Om tien over vier ontstond op het terras een lichte paniek-
stemming. Vooral omdat de chauffeur nogal chagrijnig werd.

110

'We moeten nou ècht weg,' zei hij tegen Wagner. 'Ik moet voor zes uur thuis zijn, want dan heb ik nog een ritje.'

Meester knikte. 'Ik begrijp het, maar ik kan Harm-Peter hier niet achterlaten.' Hij had al aan zijn hele klas gevraagd of ze hem gezien hadden, maar niemand wist iets.

'Laat hem omroepen,' stelde de chauffeur voor. Ze liepen met z'n allen naar de uitgang. Daar zat in een hokje een dame achter een grote microfoon. Wagner legde uit wat er aan de hand was en even later schalde door het park: 'Wil Harm-Peter Hurkmans, leerling van de Gouwe-school uit Oostzaan, onmiddellijk naar de uitgang komen. Zijn klas wacht op hem. Herhaling…'

Ondertussen zat Harm-Peter ademloos te kijken naar de machinist die aan allerlei hendeltjes trok en af en toe de fluit liet horen. Het treintje tjoekte rustig om het park heen. Pas toen voor de derde keer door de geluidsinstallatie klonk: 'Wil Harm-Peter van de Gouwe-school uit Oostzaan naar de uitgang komen,' drong het tot hem door.

Hij keek op zijn horloge. Verdomme, kwart over vier! Hij moest uit die trein. Snel liep hij naar de deur, maar daar werd hij tegengehouden. Een jongen met een conducteurspet hield hem vast.

'Meneer,' riep Harm-Peter, 'ik moet eruit… mijn klas staat te wachten… ik moet…'

'Dat kan niet,' zei de jongen. 'Het is verboden om onderweg uit te stappen. Te gevaarlijk.'

Harm-Peter kreunde en liep moedeloos terug naar zijn plaats.

Bij de uitgang stond de chauffeur te vloeken. 'Meneer, het is tien voor half vijf. We gaan nu weg!'

'Dat kan niet,' zei Wagner. 'We móeten wachten.'

'Het is altijd hetzelfde gedonder met die schoolreisjes,' riep de chauffeur boos. 'Let dan wat beter op uw kinderen!'

De klas begon in de gaten te krijgen dat de chauffeur en hun meester ruzie hadden en kwam er omheen staan.

'Ik ga nú weg!' zei de chauffeur.

De kinderen protesteerden. 'Dat kan niet. We moeten op Harm-Peter wachten.' Iedereen begon door elkaar te gillen.

Wagner liep weer naar de juffrouw met de microfoon en vroeg of ze nog een keer wilde omroepen. De halve klas liep met hem mee.

'Maar meneer, ik heb al drie keer omgeroepen. We kunnen niet aan de gang blijven.'

Meester wiste zich het zweet van zijn voorhoofd.

'Alstublieft,' smeekte hij, 'nog één keer.'

De juffrouw weigerde. 'Over een minuut of tien of zo,' zei ze, 'maar nu niet.'

De kinderen krijsten door elkaar. 'Ze wil het niet! Ze doet het niet!-

Wagner keek naar de kinderen, naar de chauffeur en naar de juffrouw, die hem met een strenge blik aankeek.

Hij moest iets doen.

Ineens rukte hij de microfoon uit haar hand en riep met luide stem: 'Harm-Peter, hier spreekt je meester...'

In de hoek van het treintje zat een zielig jongetje. De tranen stroomden over zijn wangen. Een aardige mevrouw probeerde hem te kalmeren.

'We zijn er bijna,' zei ze. 'Heus, ze wachten wel op je. Maak je nou maar geen zorgen.'

Hij werd daardoor weer wat rustiger, maar niet voor lang. Ineens hoorde hij de stem van Wagner over het terrein schallen. 'Harm-Peter, hier spreekt je meester. Kom onmiddellijk naar de uitgang! We gaan nú weg! Herhaling: Harm-Peter, hier spreekt je meester. Kom...' Toen klonk er een luid gekraak en Harm-Peter hoorde een vrouwenstem die gilde: 'Blijf van die microfoon af, zeg ik u. Bent u nou helemaal...!?' 'Ik moet... het is belangrijk.' Dat was weer de stem van Wagner.
Opnieuw gekraak en toen was het stil.

Bij de uitgang was een kleine worsteling ontstaan tussen de meester en de juffrouw.
De kinderen kozen meteen partij voor Wagner en moedigden hem aan. 'Houd die microfoon vast, meester! Goed zo! Niet teruggeven!'
Er kwamen nu wat andere mensen bij staan. Een grote kerel rukte de microfoon uit de handen van Wagner en begon meteen over schadevergoeding, want de draad was stuk.
De kinderen dromden er gillend omheen.
De juffrouw en de man trokken zich terug in het huisje bij de ingang en begonnen door het loket tekeer te gaan tegen de meester en zijn klas.
Ineens schreeuwde Richard: 'Daar is-ie!'
In de verte zagen ze een jongetje aankomen.
Meester holde naar hem toe en was van plan hem flink de huid vol te schelden. Maar toen hij zag dat Harm-Peter ontzettend huilde, vroeg hij alleen: 'Waar was je nou?'
Harm-Peter vertelde snikkend wat er was gebeurd.
'Ik hoorde je wel... echt... echt waar... maar ik kon er niet uit... echt niet.'
Even later zaten ze eindelijk in de bus.

Harm-Peter was weer gekalmeerd en moest zelfs lachen toen hij hoorde van de ruzie van Wagner met de juffrouw.

De terugreis verliep rustig.
Natuurlijk had iedereen nog een tijdje dolle pret om het verhaal van Harm-Peter. Ze konden zich heel goed voorstellen dat hij in de zenuwen had gezeten. Vooral toen de stem van de meester door het pretpark galmde.
Langzamerhand werd iedereen weer kalm en sommige kinderen vielen zelfs in slaap van vermoeidheid.
Bij school doken ze nog even massaal onder de banken en speelde Wagner tegenover de wachtende ouders dat hij zijn hele klas kwijt was.
Alle kinderen overstelpten hun ouders met verhalen.
Richard en Gwen stapten op Wagner af. Ze gaven hem een hand en zeiden: 'Bedankt meester, het was een hartstikke fijne dag!'
Wagner knikte en stamelde: 'Dat vond ik ook.'
Daarna zuchtte hij een keer heel diep.

Naar de directeur

Meester De Kloet was sinds kort directeur van basisschool 'De Springplank' en dat wilde hij weten ook. Op de deur van zijn kamertje had hij een bord laten aanbrengen waarop met grote letters stond 'DIRECTEUR'.
Maar het allerergste was het rode lampje: als dat brandde, was het ten strengste verboden naar binnen te gaan.

Dat was in de tijd van meester Wichers wel anders. Toen die nog hoofdmeester was, kon je gewoon aankloppen en naar binnen stappen.
Ach, die goeie ouwe meester Wichers.
De kinderen dachten nog vaak aan hem terug. Het was een vriendelijke grijze dikbuikige lobbes met pretoogjes achter een klein brilletje.
Een paar maanden geleden hadden ze afscheid van hem genomen, toen hij met pensioen ging. Meester De Kloet volgde hem op en de eerste dag werd het meteen duidelijk dat er veel zou veranderen op 'De Springplank'.
Alleen al de manier waarop De Kloet bij de ingang van de school stond: een lange magere gestalte die vanonder zijn keurige kapsel met kaarsrechte scheiding de kinderen één voor één streng aankeek alsof hij wilde zeggen: er valt met mij niet te spotten.
Dan meester Wichers met zijn haardos die altijd alle kanten opstond, alsof hij zojuist bij windkracht tien naar school was gefietst en die voor elk kind wel een vriendelijk woord had of een aai over zijn bol.

Hij had wel iets van Sinterklaas en het was dus ook niet verwonderlijk dat hij op 5 december de tabberd aantrok en een mijter en een pruik opzette om zelf voor Sint te spelen op school.

De jongere kinderen geloofden heilig in hem, maar de oudere zagen al op een kilometer afstand dat het Wichers was. Al was het alleen maar door het sjokkerige loopje, de pruik waarvan de haren alle kanten op staken en het parmantige buikje waardoor de mantel niet dicht kon.

'Ik ben benieuwd wie dit jaar Sinterklaas wordt,' zei Jasper tegen Floris.

Ze zaten samen op het muurtje van de school te wachten tot de bel zou gaan.

Floris haalde zijn schouders op. 'Misschien doet De Kloet het ook zelf, net als Wichers.' Jasper schoot in de lach en zei: 'Dat kan toch niet. Wichers was maar een klein mannetje. Als De Kloet die sinterklaasjurk aantrekt dan loopt hij in zijn onderbroek met dat lange lijf van hem.'

Katinka, die net kwam aanlopen, hoorde wat Jasper zei.

'De Kloet Sinterklaas?' riep ze verontwaardigd. 'Ach jongen, doe normaal, dan gelooft er geen hond meer in Sinterklaas.'

'Een hond misschien nog wel,' antwoordde Floris.

Jasper schudde zijn hoofd. 'Nee hoor, als die hond even aan hem snuffelt, weet hij meteen dat het De Kloet is.'

Katinka giechelde, want dàt was waar: De Kloet smeerde altijd een of ander stoere-mannenluchtje op zijn gezicht, zodat je hem al rook lang voordat je hem zag.

'Ik weet precies hoe het zal gaan met die hond,' zei Jasper met een gemeen lachje. 'Die hond ruikt even, blijft verstijfd staan en valt dan om: dood!'

Katinka klapte in haar handen en juichte: 'Ja, en dan wordt De Kloet door de politie gepakt omdat hij een hond vermoord heeft en zijn wij dus mooi van hem af.'

'Was dat maar waar,' zuchtte Floris en met een treurig gezicht haalde hij een stapel blaadjes uit zijn rugzak. 'Ik werd gisteravond helemaal gek van die stomme staartdelingen.'

'Hoeveel moest je er maken van De Kloet?' vroeg Katinka.

'Dertig,' antwoordde Floris. Het klonk alsof hij een heel vies woord zei.

Jasper bekeek aandachtig de staartdelingen en mompelde toen, met een schuine blik naar Floris: 'Zeven keer acht is geen vierenvijftig.'

Floris griste de blaadjes uit zijn handen. 'Hou op Jasper. Ik lever die rotzooi dadelijk bij die lange in en dan wil ik er nooit meer aan denken.'

'Het was je eigen schuld,' zei Katinka droog. 'Wie gaat er nou op de bril van de WC staan om over het muurtje in de meisjes-WC te kijken? En dan net als De Kloet langskomt?'

Jasper was het daar helemaal mee eens en vroeg: 'Heb je hem niet aan ruiken komen?'

Floris snapte er niks van. 'Wat???'

'Nou, gewoon. Je ruikt het toch als die man eraan komt. Aan ruiken komen?'

'Nee,' antwoordde Floris boos. 'Ik had net zitten... eh... poepen.'

Jasper schaterde en riep plechtig: 'Tegen de lucht van Floris kan zelfs De Kloet niet op.'

Floris kon er niet om lachen. Hij vond het maar een vervelend onderwerp en hij was blij dat Katinka over iets anders begon.

'De Kloet denkt dat hij God zelf is met zijn
deur en dat achterlijke rode lampje. Toen ik l
mertje binnenliep, ontplofte hij bijna omdat il
had dat z'n lampje brandde. Die man snapt
zich uitslooft. We moeten hem eens flink in de maling nemen.'
Jaspers ogen begonnen te glinsteren: dat was precies wat hij
ook vond.
'Ik heb een plan,' zei hij met een geheimzinnig gezicht.
Floris kreunde en keek naar zijn blaadjes met staartdelingen.
'Ik doe niet mee,' zei hij.
Jasper stelde hem gerust: hij had een grap bedacht waarbij
De Kloet nooit zou kunnen ontdekken wie de daders waren
geweest.
Toen ze even later naar binnen gingen en langs De Kloet
liepen, die als het geurende gevaar bij de deur stond, keken
de kinderen elkaar aan en knipoogden. Floris leverde bibbe-
rend zijn staartdelingen in en bleef met gebogen hoofd
staan afwachten.
De Kloet liet zijn priemende ogen over de blaadjes gaan en
zei: 'Je kunt je naar de klas begeven.'
Samen met de andere kinderen haastte Floris zich naar binnen, want als de tweede bel ging, moest de gang leeg zijn
van De Kloet.

Na de tweede bel lag de lange gang van 'De Springplank' er
dan ook verlaten bij en maakte De Kloet zijn dagelijkse
tocht door de school. Bij alle lokalen wierp hij een strenge
blik naar binnen om te zien of iedereen al op zijn plaats zat
en of de leerkracht de kinderen al aan het werk had gezet.
De school was zo groot dat hij geen eigen klas had, dus trok

zich, na zijn inspectieronde, terug achter de deur met het bord 'DIRECTEUR'. Het rode lampje floepte aan; voor de kinderen het teken dat de gang voorlopig weer veilig was.

Jasper was de eerste die aan juffrouw Zadelhof, hun eigen juf, vroeg of hij even naar het toilet mocht.

De klas was al een tijdje bezig om de sommen te maken die de juf op het bord zette, maar Jasper had er nog geen één gemaakt omdat hij al zijn aandacht ergens anders voor nodig had, net als Floris en Katinka.

Bij hun binnenkomst in de klas hadden ze snel wat tekenblaadjes uit de kast gepikt en daarop werden nu met viltstiften allerlei teksten geschreven. Juffrouw Zadelhof had niets in de gaten, want zij was nog steeds druk doende het bord vol te kalken en dat zou nog wel even duren, want Zadelhof was pas tevreden als het hele bord vol stond. Ze merkte zelfs niet dat de drie kinderen kauwgom zaten te kauwen, want dat hoorde ook bij het plan van Jasper. Die zette zijn verzoek om naar de WC te mogen kracht bij met zenuwachtig gewip op zijn stoel en een wild zwaaiende vinger.

Hij mocht gaan.

Voor hij opstond stopte hij een paar blaadjes onder zijn trui en verdween naar de gang. Na een minuut of vijf kwam hij terug en stak vrolijk zijn duim omhoog naar Katinka en Floris.

Het was gelukt. Nu was de beurt aan Katinka.

Zij wachtte even en stak toen haar vinger op. 'Juf!'

'Ja, Katinka?'

'Mag ik even een nieuwe vulling voor mijn pen uit mijn jaszak halen? Mijn vulpen is leeg.'

Ze mocht gaan en ook zij smokkelde een paar blaadjes mee de gang op.

Katinka kwam met een brede grijns op haar gezicht weer de klas binnen stappen.

Floris was de laatste.

'Juf, juf,' riep hij ineens in paniek, 'ik moet mijn straf nog inleveren bij meester De Kloet.'

De klas lachte: niet om de straf maar om de herinnering aan het WC-avontuur van Floris.

'Ga maar gauw,' zei Zadelhof en ze tikte met haar ring op het bord, want het moest weer stil zijn.

Toen Floris even later terugkwam, knikte hij naar Jasper en Katinka: het plan was gelukt.

Toen de kinderen van basisschool 'De Springplank' in de pauze hun jassen aantrokken, zagen ze dat de hele gang vol hing met briefjes, die keurig met kauwgom vastgeplakt waren op muren, deuren en ramen. Overal stonden pijlen op die allemaal dezelfde kant opwezen met daaronder teksten als:

'NAAR DE DIRECTEUR'

'PAS OP, U NADERT DE DIRECTEUR!'

'NOG EEN PAAR METER EN U BENT BIJ DE DIRECTEUR!'

Op de deur van De Kloet, waar alle kinderen nu naar toe liepen omdat ze de pijlen volgden, hingen twee briefjes naast het bord 'DIRECTEUR'.

Daarop stond:

'HIER IS HET!'

en

'ALS HET RODE LAMPJE BRANDT: PAS OP! ONTPLOFFINGSGEVAAR!!!'

De jongere kinderen snapten er nog niet zoveel van, maar de klasgenoten van Jasper, Floris en Katinka begrepen het maar al te goed en ze schaterden het uit van de pret. Zelfs de meesters en de juffen, die net als de kinderen braaf de pijlen achterna liepen, konden er om lachen.

Totdat De Kloet naar buiten kwam, woedend de briefjes van zijn deur rukte en de gang instoof om daar de rest te verwijderen.

De meesters en juffen stuurden snel alle kinderen naar de speelplaats, waar de pret nog even doorging, want even later galmde het over het hele plein: 'Naar de directeur! Naar de directeur!'

Natuurlijk begrepen de kinderen uit de klas van juffrouw Zadelhof al snel wie de daders waren.

Floris stond doodsangsten uit, maar iedereen beloofde hem plechtig om niets te verraden.

De klas hield woord.

Na de pauze vroeg Zadelhof of iemand wist wie deze 'misselijke grap had uitgehaald.'

De kinderen haalden allemaal nadrukkelijk hun schouders op en keken elkaar verbaasd aan. Hoe kon ze dat nou vragen?

Er gingen een paar dagen voorbij.

Meester De Kloet liet zich niet meer zien. Hij stond 's ochtends zelfs niet meer bij de ingang van de school. Katinka zei al dat ze het maar saai vond, zo zonder De Kloet bij de deur, totdat hij op een middag de klas binnenstapte. Rustig keek hij de kinderen aan en op een vriendelijke toon, die ze niet van hem gewend waren, begon hij: 'Een dag of drie geleden is er iets gebeurd op onze school.'

De klas wist meteen wat hij bedoelde en wachtte met ingehouden adem af.

Floris kromp in elkaar, Katinka trok bleek weg en Jasper keek zo onschuldig mogelijk het raam uit.

'Er zijn een paar kinderen geweest,' ging De Kloet poeslief verder, 'die zich zorgen om mij maakten. Ze waren bang dat de mensen mijn kamer niet zouden weten te vinden en ze hebben daarom een heleboel wegwijzers aangebracht. Daarvoor wilde ik ze graag bedanken.'
De kinderen begrepen er niets van. Wat was De Kloet van plan?
Zeker eerst een beetje slijmen en als hij de daders eenmaal had gevonden, ze dan zeker flink te grazen nemen.
'Dat worden honderd staartdelingen,' flitste het door Floris

heen en hij verdween bijna onder zijn tafel van ellende, toen De Kloet hem even aankeek.

'Wat ik vooral erg waardeer,' vervolgde De Kloet, 'is, dat ze hebben gewaarschuwd voor ontploffingsgevaar wanneer mijn rode lampje brandt. Ik zou graag willen weten wie deze wegwijzers en waarschuwingsborden hebben opgehangen, want ik wil deze kinderen iets geven.'

Strafwerk, dacht iedereen.

'Nou?' vroeg De Kloet. 'Wie zijn toch deze behulpzame kinderen?'

Niemand durfde naar Floris, Katinka en Jasper te kijken.

De Kloet wachtte minutenlang en vroeg toen weer vriendelijk: 'Wie hebben dit gedaan?'

Het bleef doodstil.

'Jammer,' zei De Kloet, 'heel jammer.'

Hij haalde plotseling drie repen chocolade uit zijn jaszak.

'Die had ik zo graag aan die kinderen willen geven om ze te bedanken, maar ja, dan eet ik ze zelf maar op.' Hij trok de wikkel van een van de repen en begon het stuk chocolade rustig op te eten. De eerste die in de lach schoot was Jasper en even later deed de hele klas met hem mee.

En meester De Kloet?

Voor het eerst sinds zijn komst op 'De Springplank' zagen de kinderen hem lachen.

124

Over de auteur

Jacques Vriens is geboren in 1946. Hij is getrouwd en heeft twee kinderen en drie katten. Eigenlijk wilde hij het liefst naar de toneelschool gaan, maar toen dat niet lukte, ging hij voor onderwijzer studeren. Hij is jarenlang directeur geweest van een basisschool in Noord-Brabant en houdt zich nu alleen nog bezig met het schrijven van boeken.

Zijn allereerste boek, *Die rotschool met die fijne klas*, publiceerde hij in 1976. Het gaat over een onderwijzer die ruzie krijgt met het hoofd van de school en met ziekteverlof wordt gestuurd. Maar zijn klas pikt dat niet...

In dit eerste boek merk je al heel goed hoe Jacques Vriens denkt over onderwijs. Hij vindt dat kinderen met plezier naar school moeten kunnen gaan. De juf of meester kan daar heel veel aan doen door te zorgen voor een gezellige sfeer in de klas. Natuurlijk zit je ook op school om te leren, maar Jacques Vriens is ervan overtuigd dat dat veel gemakkelijker gaat als je je op school thuis voelt en extra geholpen wordt wanneer je iets niet snapt of problemen hebt in de groep.

Verder vindt hij dat kinderen moeten leren om voor hun eigen mening uit te komen en niet alles goed moeten vinden wat grote mensen zeggen.

Jacques Vriens heeft inmiddels meer dan 20 kinderboeken geschreven. Zijn bekendste boeken zijn misschien wel de voorleesboeken *O denneboom*, *Dag Sinterklaasje* en *Drie ei is een paasei*.

De *Tommie en Lotje*-serie is bedoeld om aan kleuters voor te lezen. Verder heeft hij voor beginnende lezers ook een aantal leuke, kleine boekjes geschreven: *Ik wil mijn poes terug*, *Geen schoenen voor Bram*, *Zaterdagmorgen/Zondagmorgen* (Zilveren Griffel) en *Tinus-in-de-war* (Zilveren Griffel).

Jacques Vriens zegt dat hij alleen maar kan schrijven over dingen die hij zelf heeft meegemaakt. Vandaar dat veel boeken van hem zich ook op of rondom de school afspelen, zoals *Het achtste groepie tegen het soepie*. Daarin wordt het eeuwige geruzie tussen groep acht en zeven op school beschreven. Maar het gaat dit jaar zó ver, dat de jaarlijkse schoolreis in gevaar dreigt te komen.

In *Een stelletje mooie vrienden* wordt bij David thuis ingebroken. Zijn vrienden denken dat de politie de dader niet zal kunnen vinden en daarom gaan ze zelf op onderzoek uit.

In *Een bende in de bovenbouw* (getipt door de Nederlandse Kinderjury) krijgt een klas te maken met een nieuwe meester en een nieuwe klasgenoot. De meester lijkt wel geschikt, maar dat kan niet gezegd worden van de bazige nieuwe klasgenoot.

Ha/Bah* naar school is een boek voor bovenbouwers en brugpiepers. Er staan allemaal verhalen in over de leuke en niet-leuke dingen en dagen van school: over de schooltoets, over een strenge invalster en over de nieuwe directeur in de maling nemen.

Meester Siem gaat ieder jaar met zijn achtste groep een

week naar het eiland. En ieder jaar is het weer raak... Keten op de slaapzaal, nachtelijke strandwandelingen, de vuurtoren beklimmen. Hoe zal het dit jaar gaan? Dat kun je lezen in *En de groeten van groep acht*.

In *Ik doe niet meer mee* heeft Pieter genoeg van zijn begrijpende ouders. Hij verschanst zich met chips, cola, pindakoeken en zijn lievelingsboeken op zijn kamer en weigert zijn vesting te verlaten. Maar hoe moet dat dan als hij naar de w.c. moet? Er staan nog negen andere spannende, ontroerende, humoristische en realistische verhalen voor 11-plussers in deze bundel.

De vader-en-moeder-wedstrijd gaat over Nikkie en haar ouders die gaan scheiden. Nikkie moet kiezen tussen haar beide ouders en dat wil ze helemaal niet. Samen met vriendje Jan spijbelen ze van school om opa om raad te gaan vragen.

In *Bonje in het bonshotel* (getipt door de Nederlandse Kinderjury) is Ties de hoofdpersoon. Zijn ouders hebben een hotel en daardoor moet Ties vaak alleen spelen. Als hij hoort dat er in het hotel van alles wordt gestolen, gaat hij op onderzoek uit, samen met zijn vriendinnetje Mitsie. Ook bij dit boek weet Jacques Vriens waar hij over praat. Zijn ouders hebben namelijk vroeger zelf een hotel gehad en Jacques weet nog dat hij die vele WC's altijd heel spannend en leuk vond.

Toneelspelen is nog steeds een van zijn grote hobby's, net als lezen, wandelen èn... schrijven.

Bastiaan

meester Jansma en zijn vrouw

Rik

detectivebureau THOLIESVEEL

Ivo en Bonze